Andreas Hofer

Sandwirt von Passeier

Karl Immermann

copyright © 2022 Culturea éditions
Herausgeber: Culturea (34, Hérault)
Druck: BOD - In de Tarpen 42, Norderstedt (Deutschland)
Website: http://culturea.fr
Kontakt: infos@culturea.fr
ISBN:9791041900725
Veröffentlichungsdatum: November 2022
Layout und Design: https://reedsy.com/
Dieses Buch wurde mit der Schriftart Bauer Bodoni gesetzt.
Alle Rechte für alle Länder vorbehalten.
ER WIRT MIR GEBEN

Ein Trauerspiel

Personen.

Andreas Hofer, der Sandwirt von Passeier.

Joseph Speckbacher,

Der Kapuziner Joachim Haspinger, , Häupter der Insurrektion.

Etschmann, der Wirt zum Schupfen,

Peter Mayer,

Fallern von Rodeneck,

Eisenstecken,

Heinrich Stoß, , Tiroler.

Mathis, Etschmanns Knecht.

Johann, Hofers Knabe.

Elsi, Etschmanns Frau,

Frau Straubing,

Bärbel, , Tirolerinnen.

Der Vizekönig von Italien.

Der Herzog von Danzig.

Graf Paraguay,

La Coste,

Fleury,

Raynouard, , Französische Offiziere.

Der Kanzler.

Ein Legationsrat.

Ein Kabinettssekretär.

Der Priester Donay.

Ein Page.

Ein tirolisches Weib.

Zwei Kinder.

Französische Offiziere und Soldaten.

Ein Bote, Tiroler Schützen, Volk.

Die Handlung geht in Tirol, Wien und Villach vor.

Erster Aufzug.

Stube im Wirtshause am Isel.

Erster Auftritt.

Etschmann. Elsi.

ETSCHMANN. Warum schleichst du hinter mir her? Warum das Spähn ins Antlitz? Bist du ein Mautner worden, und hältst mich für einen Schwärzer? Geh auf die Alm!

ELSI. Mann!

ETSCHMANN. Elsi!

ELSI. Wo ist der Mathis hin?

ETSCHMANN. Hast du es nicht gehört? Nach Inspruck, Elsi.

ELSI. Über Sterzing?

ETSCHMANN. Umwege. Die Zeit ist krumm. Wer kann heuer auf der geraden Straße bleiben?

ELSI. Was soll der Mathis zu Inspruck?

ETSCHMANN. Stiere kaufen, ein Joch.

ELSI. Unser Stall ist voll. Laßt es sein.

ETSCHMANN. Geh' auf die Alm.

ELSI. Werft euch der Geißel Gottes nicht in den Weg! Ihr ward das Ziel noch nicht gesteckt.

ETSCHMANN. Geschwätz! Es ist ja alles ruhig.

ELSI. Ruhig? Und die Boten ab und zu? Das heimliche Gespräch? Ein Vermessen dräut in euren Mienen. Um was treibt ihr's? Für wen? Ihr Toren! Ruhig? Sie werden euch ruhig verderben lassen.

ETSCHMANN. Wirst du nicht auf die Alm gehen?

ELSI. Ich bin nicht feig. Mut hab' ich auch. Aber d i e sind's nicht wert.

ETSCHMANN. Nun schweig!

ELSI. Ich habe dir's gesagt, ich, dein Weib. Ihr werdet dereinst nicht rufen dürfen: Weh' uns! Wenn uns einer verwarnt hätte! *Geht.*

ETSCHMANN. Schon gut!

Wo Mathis bleibt? Zwölf Stunden sind's bis Brixen, und vor vier Tagen schickte ich ihn weg.

Zweiter Auftritt.

MATHIS *kommt.* Guten Tag, Herr?

ETSCHMANN. Danke! Endlich zurück? Wie sieht's aus?

MATHIS. Traurig.

ETSCHMANN. Sag's in einem Atem.

MATHIS. Sie ziehn ab.

ETSCHMANN. Ganz aus dem Lande?

MATHIS. Die Marschrout' ist bis Klagenfurt gemacht.

ETSCHMANN. Gib acht, sie halten an im Pustertal.

MATHIS.

Nein Herr, ich weiß das Gegenteil bestimmt.

Ich sprach mit Veit, dem Seidenwarenhändler,

Der alle Heimlichkeiten gründlich kennt.

Das Land ward aufgegeben.

ETSCHMANN.

O teurer, lieber Erzherzog Johann,

Wirfst du die Perle weg? Kannst du's ertragen?

Kannst du es, Kaiser Franz?

MATHIS.

Die Majestät

Des Kaisers hat geweint, als sie den Stillstand

Von Znaim bieten mußt', der uns verstößt.

Drauf hat der Erzherzog noch stets gehofft,

Im Glauben, daß der Krieg auf's neu beginne,

Die Schmach von dem Artikel zu vereiteln;

Drum zog der Chasteler und Baron Schmidt

Im Schneckengang hinweg aus unsern Tälern,

Bis dann, gedrängt vom Feind und ihrem Wort,

Die höchsten Herren Eil gebieten mußten,

So sprachen zu mir Leute, die drum wußten.

ETSCHMANN. Und hast du von den Unsern nichts gehört? Andreas Hofer

MATHIS.

Raufte seinen Bart,

Warf sich zur Erd' und weint' und betete.

Dann ging er fort vom Sand, und barg in einer

Felsgruft den Leib. Nicht lüstern sei er mehr,

Das Licht zu schau'n. Das war sein letztes Wort.

ETSCHMANN.

Die Führer fliehen, und zusammenbricht

Das Werk der Rettung!

SPECKBACHER *ist eingetreten.* Ach, warum nicht gar!

ETSCHMANN. Speckbacher!

MATHIS. Was?

ETSCHMANN. Wo kommst du her?

SPECKBACHER. Von Rinn.

ETSCHMANN. Nun, deiner hätt' ich heut' mich nicht versehn.

SPECKBACHER. Sorg' für mein Pferd, Bursch! *Mathis ab.* Kriegst viel Gäste!

ETSCHMANN.

Gäste?

Und du bist Speckbacher! Ihr seid ...

SPECKBACHER.

Entschlossen!

Was geht der Stillstand uns von Znaim an?

Das Feuer brennt einmal in unsern Bergen,

So mag's zu Ende brennen! Dir ins Ohr:

Mir ist's recht lieb, daß uns die weißen Röcke,

Die roten Hosen jetzt verlassen, denn

Es waren doch latein'sche Schützen nur,

Und hatten's falsch mit uns. Wenn meine Haut

Zu Markt ich trag', da will ich auch den Handel

Auf mein Gedinge schließen. Nun hör' zu:

Sobald ich wußt', sie ziehn, Tirol bekommt

Hilf', wenn es selber sich zu helfen weiß,

Beschickt ich Pater Jochem, daß er schlage,

Wann, wie und wo er einen Feind betreffe;

Denn dieses schien mir das Vernünftigste.

Nur keine Überlegung! In dem Ratssaal

Sitzt Mutter Memme, kalt vor Angst, das heißen

Sie kühle Klugheit. Hofern sandt' ich Donay,

Hervorzutreten mit dem Landsturm

Von Meran und Passeier und Allgund.

Inzwischen hielt ich wach die Höhn,

Die vom Paschkoffel bis nach Volders streichen.

Es kann kein Franzmann seinen Kessel spülen

Im Inn, den meine Schützen nicht erblicken.

ETSCHMANN. Und Joseph, ich?

SPECKBACHER.

Schaust zu, schenkst Wein, schreibst an.

Das weiße Roß in deinem Wirtshaus-Schild

Gab ich als Zeichen an für unsre Freunde

Und meine Boten, die ich hier erwarte.

Sorg' nur für Brot und Fleisch und Pferdefutter,

Und Lagerstroh und Holz zur Feuerung,

Es wird wohl was lebendig bei dir werden.

ELSI *kommt.* Ihr steht und plaudert? Speckbacher? Unglücksmann! Der ganze Hof ist voll von Franzosen.

ETSCHMANN. Was?

SPECKBACHER. Franzosen? Hier?

ELSI. Alles Volk von Inspruck ins Land!

SPECKBACHER. Triumph! *Er umarmt Elsi.*

ELSI *macht sich los.* Seid ihr verrückt? *Sie geht.*

ETSCHMANN *durchs Fenster sehend.* Treßhüte und Goldkrägen!

SPECKBACHER *geht umher.*

So ist der Herzog Danzigs denn in Marsch!

Das war mein Gram, der werde liegen bleiben,

Da in der Ebene von Hall und Inspruck,

Wo unsre Schützen nichts sind, uns ermüden

Durch kleine Streiferein!

Allein der werte, teure, goldne Marschall

Erzeigt die Liebe mir, und quetscht sich mit der ganzen

Gewaltigen Heeresschlang' durch unsre Pässe.

Nun denn, ich will so heiß den Herrn umarmen,

Daß er mir Schweiß und Blut vergießen soll,

Und alle Bäche, die vom eis'gen Brenner

Hinab zum Tal des breiten Innes tanzen,

Send' ich als freudenrote Boten ab,

Dem Strom zu sagen, was Speckbacher tat.

ETSCHMANN.

Die Generalität kommt! Mach dich fort!

SPECKBACHER.

Verstecken? Wie? Bist du ein art'ger Wirt?

Dir muß es gleich sein, wer bei dir verkehrt

Du darfst dem Bauer nicht die Türe weisen,

Wenn der Feldmarschall in die Stube tritt.

Hier setz' ich mich, und will erwarten, Wirt,

Daß du mich rasch bedienst, so wie den Herzog?

ETSCHMANN.

Das sind nun deine Stückchen.

SPECKBACHER.

Ja, wie jen',

Wo ich den Jägern einst, die auf der Scharnitz

Mich fingen, 's heiße Fett in's Antlitz gab,

Da sie mein Nachtbrot mit mir speisen wollten.

Trau mir, d i e sind so fein, und übersichtig,

Daß sie das Nächste nicht vor Augen schauen,

Und glauben eher an die größte Dummheit,

Als an die kleinste Klugheit bei dem Feind.

's ist Amnestie. Den möcht ich kennen, der

'nen stillen Mann, wie ich bin, dürft' beschweren!

'naus Etschmann, und empfang' die hohen Herrn!

Etschmann geht, Speckbacher setzt sich an einen Tisch im Hintergrunde.

Vierter Auftritt.

Der Herzog von Danzig. La Coste treten ein.

HERZOG.

Sie müssen zwei Kuriere expedieren:

An Seine Hoheit den Prinz Vizekönig

Nach Villach, und den andern schicken Sie

Nach Schönbrunn an des Kaisers Majestät.

Empfangen Sie den Inhalt der Depeschen.

Der Herzog diktiert, La Coste schreibt in die Brieftasche.

An Seine Hoheit schreiben Sie: Ich habe

Den General Royer, mit dem ersten Heerteil,

Durchs Zillertal nach Laditsch detaschiert,

Die Bayern aber unter Oberst Bourscheidt

Rechtsab vom Brenner hin nach Prutz entsendet.

Ich selber rücke auf der großen Straße

Mit meinem Kern nach Brixen und nach Bozen.

Ich sei in Sterzing morgen, hoffe spätestens

In Bozen nach drei Tagen anzukommen,

Worauf ich mich durchs Sau- und Pustertal

Mit Seiner Hoheit in Verbindung setze,

Und deren weiteren Befehl erwarte.

Ist es geschrieben?

LA COSTE.

Zu Befehl, Euer Durchlaucht!

HERZOG.

An Seine Majestät, den Kaiser der Franzosen:

Ich sei ohne Widerstand

Von Salzburg in der Grafschaft vorgerückt;

Das Land sei ruhig. Die geächteten,

Verruchten Fackeln dieses Bauernaufruhrs,

Der Marquis Chasteler und Joseph Hormayr

Sein ausgelöscht vom mächt'gen Flügelschlag

Der fränk'schen Adler!

Sie schwebten, königlichen Blicks, wie immer,

Ob diesen Bergen; tot sei aller Zwist,

Die Insurrektion zunicht' geworden.

Datieren Sie die Meldung nur aus Bozen.

Sie stocken nun?

LA COSTE.

Ich frage, Monseigneur,

Ob den Bericht wir nicht versparen wollen.

Bis wir in Bozen Standquartier bezogen?

HERZOG.

Es darf nicht sein. Der Kaiser ist seit Woche

Ganz ohne Nachricht von dem Korps geblieben.

Es liegt ihm dran, Tirol zu überwält'gen,

Das, lächerlich, dem Stachel-Igel gleich,

Auf seiner großen Siegesbahn sich kauert.

Ich bin gewiß, daß ich nach Bozen komme.

So dürfen wir, was wir bis dort erfahren,

Auch melden, dreist, als sei es schon geschehen.

LA COSTE.

Ich fürchte nur, es gibt noch Hindernisse.

HERZOG.

Der Kaiser strich aus seinem Diktionäre

Das Wort!

Gefährlich ist den Dienern, es zu kennen.

Er will Tirol und also wird er's haben,

Ich s o l l es schaffen, also w e r d ' ich's schaffen.

Sie waren ja bei Ulm und Friedland um ihn,

Verstehn Sie nicht die Richtigkeit der Folgrung?

LA COSTE.

Es haben Eure Durchlaucht zu gebieten,

Ich werd' von Bozen schreiben.

SPECKBACHER *leise.*

Mir ist's lieb,

Daß keiner meiner Knechte zugehört.

Die Bursche würden in der guten Schule

Ganz sakrisch lügen lernen.

HERZOG.

Wohl gemerkt:

Sie halten den Bericht ganz allgemein.

Vor allem, nichts erwähnt von jenen Schüssen,

Die gestern aus der Schlucht des Judensteins

Auf das Kommando fielen hinterrücks,

Den Major Müller töteten.

SPECKBACHER. Aha!

HERZOG.

Fang' ich die Räuber, laß' ich sie erschießen,

Im Still'n die Kleinigkeiten abgetan!

LA COSTE.

Indessen hörte man auch heute früh

Ein heftig Plänkeln in der rechten Flanke,

Das, wie es schien, von Greil und Mutters kam.

HERZOG *hat einen Gang durch die Stube gemacht.*

O ja, die Berge werden noch ertönen

Von manchem Schuß. Ein Land, das jüngst im Aufruhr,

Dünkt mich, wie ein genes'ner Fieberkranker.

Der Arzt erklärt ihn für geheilt, allein

Die wankende Natur vergißt sofort

Die alten wilden Phantasien nicht,

Und wenn das Leben auch gerettet ist,

So schüttet sie die aufgeregten Schrecken

Im Beben aller Pulse lang noch aus.

Bestell'n Sie wohl ein Frühstück, lieber Coste?

LA COSTE *zur Türe hinausrufend.* Herr Wirt!

SPECKBACHER *laut.* He, Nanny!

HERZOG. Wer spricht?

LA COSTE. Ein Bauer, der geschlafen. *Er tritt ihm näher.* Ha!

Wenn ich nicht irre, kenn' ich dies Gesicht.

SPECKBACHER *steht auf.*

Du mußt's wohl kennen, denn du bist La Coste.

Den ich, als du gefangen wardst bei Wiltau,

Im Mai austauschte gegen Eisenstecken.

LA COSTE.

Der bin ich. Du bist der Brigant

SPECKBACHER.

Brigant?

So steh' ich nicht im Taufbuch, Herr Off'zier.

Ich bin der Joseph Speckbacher von Rinn,

Und Kommandant des Landsturms bis zum Stillstand.

HERZOG *tritt näher.*

Hier sähen wir ja eines von den Häuptern!

Es ist ein seltsam Schicksal doch, La Coste,

Nachdem man jedes Heer geschlagen,

Mit solchem Volk zuletzt noch kriegen müssen!

Ein Fingerzeig, nicht stolz zu werden, Freund!

Wo steckt denn euer mystischer Prophet,

Der in dem Barte seine Kraft besitzt,

Der Gen'ral Sandwirt ha, wie heißt er doch?

SPECKBACHER.

Meinst du den Sandwirt Hofer von Passeier,

So wisse, seine Freunde wissen nicht,

Wo dieser Mann sein armes Haupt geborgen.

HERZOG.

Vernehmen Sie, La Coste, wohl den Ton?

Sobald von dem sie reden, klingt's gewichtig.

Der Kaiser von Östreich hat doch kluge Köpfe

In seiner Kriegskanzlei. Der Greis vom Berge!

Man schnitze nur dem Volke einen Götzen,

Und sei gewiß, sie werden ihn verehren.

So machten jene Herren da aus Wien

Den Bauer aus Passeier hier zum Tell.

Ihr lest wohl viel hier euren Guillaume Tell?

SPECKBACHER.

Wir lesen nichts, als den Kalender, Herr.

HERZOG.

Nun, das ist gut, und daran haltet euch,

Der Bauer tut nicht wohl, denkt er zu hoch.

Faßt nur ein recht Vertrau'n zu mir, ihr Leute,

Nicht denk' ich euch im mindesten zu drücken.

Das Land gefällt mir, die Bewohner auch.

Und wenn ihr frommen Frieden mit uns haltet,

Sollt ihr an mir den guten Freund besitzen.

Die Kellnerin bringt Frühstück. Etschmann tritt zugleich mit ein. Der Herzog und La Coste setzen sich zum Frühstück.

SPECKBACHER.

Wenn du da fertig bist, sorg' auch für mich.

Du gönnst doch, Herr, daß ich mein Brot hier esse?

HERZOG.

Die Stub' ist frei, gehört so dir, wie mir.

Zur Kellnerin.

Bedien' den Mann, ich bin nun schon bedient.

ETSCHMANN *geht zu Speckbacher.*

Du weißt nicht, was du tust. Zwei Wort': es hat

Bei Laditsch und bei Prutz schon was gegeben.

Fallern von Rodeneck und Peter Mayer

Stehn draußen.

Geh 'naus, vernimm sie!

SPECKBACHER.

Bess're deine Rede.

Hier in des Herzogs Beisein hör' ich sie!

ETSCHMANN.

Bist du denn rasend?

SPECKBACHER.

Gnäd'ger Herr und Herzog

(Merk' auf, und instruier' danach die beiden:)

Ich bin ein Pferdehändler hier zu Lande,

Und sende meine Knechte weit umher.

Nun stand mir eben just 'ne starke Koppel

Bei Laditsch und 'ne andere bei Prutz.

Jetzt kommen zwei von meinen Leuten an,

Der ein' von Laditsch, und von Prutz der andre,

Die woll'n mir melden, was sie für Geschäfte

Dort im Gebirge machten mit den Gäulen.

Erlaubt es Deine Durchlaucht wohl, o Herr,

Daß ich die Knechte hier im Zimmer höre?

Die armen Buben sind vom Wandern müd,

Und draußen sticht die Sonne.

HERZOG. Laß sie kommen.

SPECKBACHER *zu Etschmann.*

Siehst du? Er meinte, du würdest böse, Herr,

Wenn ich so geradezu mit dir mich hielte.

Ich aber sagte, daß du sprachst vorhin,

Du seiest unser Freund! Nun denk' ich immer:

Vor Freunden hat man keine Heimlichkeit

Und spricht vor ihnen dreist von seinen Sachen.

Zu Etschmann.

Schick Fallern erst, dann Peter May'r herein!

Etschmann ab.

HERZOG.

Bezahlen Sie doch unsre Schuld, La Coste.

La Coste geht. Der Herzog wendet sich zu Speckbacher.

Hör' du, mir mißfällt nicht dein keckes Wesen.

's ist Schade, daß du angesessen bist,

Sonst sagt' ich dir: komm mit, und dien' bei uns!

Wie ich dich seh auf deinen Füßen stehn,

Gemahnt's mich fast, als säh' ich selber mich

Vor dreißig Jahren, in des Vaters Mühle.

Denn eines Müllers Sohn aus Elsaß bin ich;

Nicht schäm' ich mich, ich freue mich des Ursprungs,

Weil's größer mich bedünkt, der erste sein

Von einer Ahnenreihe, als der letzte.

Ich glaub', der Krieg könnt' etwas aus dir machen.

SPECKBACHER.

Zög' ich mit Euch, wo blieben meine Gäule?

FALLERN VON RODENECK *tritt auf.* Gott grüß dich, Joseph!

SPECKBACHER.

Danke, lieber Fallern.

Nun sag', wie schaut's?

FALLERN. Ei, wacker in die Welt.

SPECKBACHER. Was machtet ihr bei Prutz denn für Geschäfte?

FALLERN. Frag' einzeln mich.

SPECKBACHER.

Recht, bist noch jung, mußt warten!

(O meine braven, list'gen Bergesknaben!)

Ich schrieb euch, wie ihr klüglich handeln solltet:

Ist euch der Brief auch richtig zugekommen?

FALLERN.

Ja, durch den Rotbart, dem du ihn gegeben.

SPECKBACHER.

Wo fand euch meine Botschaft? Sag' mir das.

FALLERN.

Wir zogen mit der Koppel just gen Pontlatz.

SPECKBACHER.

Wo traft ihr Käufer, welche handeln wollten?

FALLERN.

Die kamen an von Prutz und Dullenfeld.

HERZOG.

Das ist die Gegend, so die Bayern halten.

SPECKBACHER.

Und waren's viele, die ein Lusten trugen?

FALLERN.

Die ganze Ebne war von ihnen voll.

SPECKBACHER.

Da war die Koppel wohl nicht groß genug?

FALLERN.

Nein, Herr, auf zwanzig Käufer kam e i n Stück.

SPECKBACHER.

Wie schafftet ihr das nötigste Bedürfnis?

FALLERN.

Wir holten's aus den Dörfern in der Näh'.

SPECKBACHER.

So halfen euch die Landsleute aus?

FALLERN.

Es helfen sich Tiroler gegenseitig.

SPECKBACHER.

Ging nun ein frisch und lebhaft Krämern an?

FALLERN.

Zwei Tage währte das hartnäck'ge Feilschen.

Sie wollten anfangs uns den Preis nicht zahlen,

Doch endlich neigten sie sich unserm Willen.

Wir setzten ab, was wir nur wollten. Redlich

Ist ihnen g'nug getan, und alle Kunden

Sind, glaube mir, auf lange Zeit versorgt.

SPECKBACHER.

Ich bin mit euch zufrieden. Setz' dich zu mir.

HERZOG *zu Fallern.*

Sahst du von Oberst Bourscheidt unterwegs?

Fallern schweigt.

SPECKBACHER. Sag's dreist du Bub!

FALLERN *lachend.*

Mit d e m und mit den Sein'gen

War ja der Handel just, von dem ich sprach.

HERZOG.

Und ist er weiter schon ins Land hinein?

FALLERN.

Die wüßte ich, Herr Herzog, nicht zu künden.

Er setzt sich zu Speckbacher, die Kellnerin bringt ihnen ein Frühstück.

LA COSTE *tritt wieder ein. Zum Herzog.*

Die Pferde sind gefüttert.

HERZOG.

Wohl! dann fort!

Die Truppen sind nach Sterzing schon voraus.

Zu Roß, La Coste, denn!

LA COSTE.

Mein gnäd'ger Herzog,

Sollt es nicht rätlich scheinen

Auf Speckbacher deutend.

diesen Mann

Als Geißel Ihrer Suite anzuschließen?

HERZOG. Warum nicht gar!

LA COSTE.

Ich hab' bestimmte Kunde,

Daß er auf Schlimmes denkt mit vielen andern.

HERZOG.

Gedanken, Freund, sind frei. Dem großen Kaiser

Dient der am schlechtsten, der auch diesen Winkel

Den armen Leuten nehmen will!

Die Länder und die Leiber reichen hin.

LA COSTE.

Doch wenn der Leib im Sold steht der Gedanken

Eu'r Durchlaucht

Er spricht heimlich mit dem Herzog.

SPECKBACHER *an seinem Tisch zu Fallern.*

Pflegen jetzt geheimen Rat,

Ob sie uns mit sich als Gefangne nehmen.

FALLERN.

Sie werden doch nicht? Was tun wir dabei?

SPECKBACHER *stößt mit Fallern an.*

Wir trinken ruhig unsre Seidel aus!

HERZOG *au seinem Gespräche mit La Coste.*

Die bess're Überzeugung widerrät's.

Wenn wir die unruhvollen Köpfe sämtlich,

Die in der kurzen Zeit des Sommerfeldzugs

Als Bauernkönige sich ehren ließen,

Und denen nun die Ruhe mißfällt, fingen,

Wir hätten, sie zu hüten, nicht die Wächter.

Zu stark sind wir für solche kleine Mittel,

Man könnte dadurch erst Empörung sä'n.

Auch war der Mann vor mir so unbefangen,

Daß seine Schuld mir nicht recht glaublich ist.

Verschwörung wandelt leiser unter Schleiern.

Drum nichts davon.

Zu den Tirolern.

Gehabt euch wohl, ihr Leute.

Zu Speckbacher.

Du kannst dich, wenn du 'nmal nach Bozen ziehst

Mit deiner Koppel, bei mir melden lassen.

Mein Marstall wird Ergänzung wohl verlangen,

Und was ein andrer zahlt, das geb' ich auch.

Mit La Coste ab.

SPECKBACHER.

Du gibst noch ein paar Kreuzer mehr, Herr Zopf!

Sechster Auftritt.

Peter Mayer tritt auf.

SPECKBACHER.

O alter Mayer! Warum schleichst du so,

Der Schnecke gleich? Du schmälerst mir die Lust.

Mein guter Freund, der Herzog Danzigs, sollte

Auch hören, was du bringst. Von wannen kommst du?

MAYER.

Vom engen fürchterlichen Paß bei Laditsch,

Wo tief, daß sie der Sonne Blick nicht wärmt,

Die wilde Eisack über Klippen rennt,

Von blut'gen Felsen, blutgetränkter Erde,

Von einer Leichengrube komm' ich her.

SPECKBACHER. Wie war's? Geschwind!

MAYER.

Wir lagerten bei Laditsch.

Da hörten wir, der Royer zieh' heran

Durchs Felsental. Wo sollten wir beginnen,

Allein mit uns, und schwächer in der Anzahl?

So sprachen wir den Berg um Hilfe an,

Und redlich hat der Berg sie uns geleistet.

Wir klimmten auf die Felsen, suchten aus

Die Stätte, wo sie ob der Brücke hangen,

Die schmal und spärlich überbaut den Fluß,

Und lösten Lärchen aus den Wurzeln, hoben

Gewicht'ge Blöck' aus ihren Betten, rammten

Ins Erdreich schwache Pfeiler.

Und auf die Pfeiler legten wir die Lärchen,

Dann schoben auf die Lärchen wir die Blöcke,

Jetzt luden unser guten Büchsen wir,

Und hingen still, wie Gemsen, an den Zacken.

Nicht lange drauf, da kamen hergezogen

Die hüpfenden Franzosen in der Tiefe.

Sie trippelten in Hasten übers Brücklein,

Und sahen aus von oben klein wie Mäuse,

Und als die rechte Zeit gekommen war,

Gab ich das Zeichen, pfiff! die Buben aber

Kappten die Stützen.

Da hob der Berg zu dröhnen und zu wandern an

Und ging, als wie ein rollend Weltgericht

Hinunter in die Tiefe! Alsobald

Klang ein erschrecklich Wimmern aus dem Schlunde,

Geschrei und Heulen, wie dicht bei uns, klang.

Drauf stieg ein Dampf empor, und rollte qualmend,

Die Schlucht bedeckend, bis zu unsern Füßen.

Wir aber schossen durch den Dampf hinab,

Daß, wer noch lebt', empfing vom Blei sein Grab!

Wie nun der Staub verzogen war, so stiegen

Wir von dem Grat, und gingen zu den Feinden.

Da sah'n wir nichts, als Stein getürmt auf Stein,

Gebrochne Augen, rauchendes Gebein!

Die Brücke lag in Trümmern, und die Eisack,

Von wildverschränkten Totengliedern starrend,

Sprang, wie ein rasend Untier, übers Schlachtfeld.

FALLERN. Ein graus Verhängnis!

SPECKBACHER.

Und gerecht Gericht!

Weißt du vom Rotbart was?

MAYER.

Der steckt ja hier

Im Nebenstübchen schon. Er ist zu kenntlich,

Drum wollt' er sich nicht zeigen vor den Feinden.

Er öffnet die Seitentüre.

Siebenter Auftritt.

DER KAPUZINER JOACHIM HASPINGER *tritt heraus.* Gelobt sei Jesus Christ!

DIE ANDERN. In Ewigkeit und Amen.

HASPINGER. Die heil'gen Landspatronen segnen euch!

SPECKBACHER. Ei Vater, du siehst traurig aus und bleich.

HASPINGER.

Ich bin aus meinen Fugen, meinem Stand,

Der mir befiehlt, das Meßbuch umzublättern,

Und nicht im blut'gen Buch des Kriegs zu wühlen.

So eignes Los, so seltsame Verfassung

Macht keinen fröhlich. Dazu nimm: sechs Tage

Bin ich durch alle Berg und Täler, wie

Ein Pfeil hindurch geschwirrt. Kein Schlaf! Und dann

Die Anstrengung von Laditsch und von Prutz!

Da ward die Wange weiß, gleich diesem Stecken,

Der meinen wunden Füßen wandern half.

SPECKBACHER. Ei Vater, bleibe frisch!

HASPINGER. Sorg' nicht für mich.

SPECKBACHER. Bist du mit mir zum Äußersten entschlossen?

HASPINGER.

Schieß nieder mich, siehst du mich je verdrossen!

Sie haben Notzucht in Kapellen, haben

Unfläterei in Sakristein verübt,

Und aus dem Kelch des Nachtmahls sich besoffen.

Ich will mein Haupt nicht scheren, nicht den Staub

Von meinen Füßen auf die Erde schütten,

Bis ich die Feinde unsrer heil'gen Kirche,

Die Flucher, Schwörer, Zaubrer, Blasphemanten

Vom Boden weggetilgt.

SPECKBACHER.

Dein Ton stimmt rein

Zu meinem Ton! Ich hasse sie, ich weiß

Nicht recht, warum? Doch hass' ich sie, und bis

Ich diesen Haß im roten Born gelöscht,

Sterb' ich vor Durst.

HASPINGER. Woll'n wir zu Andre?

SPECKBACHER. Ist er da?

HASPINGER.

Ja wohl!

Mit hellen Haufen über'n Jaufen, lagert

Kaum einen Büchsenschuß von hier am Schönberg.

SPECKBACHER.

So ist der Knoten fertig und geschürzt!

Nun, Freunde, auf!

Der muntre Krieg hängt seine Feuerfahne

Von höchster Alpenfirste bis zum Grund.

Jetzt gilt's, zwei Leben haben.

Zu Fallern und Mayer.

Geht! Sie soll'n

Rechts, links der Straße sich zum Isel ziehn.

Die Straß' gemieden! Daß der Herzog nicht

Zu früh es merke!

Fallern und Mayer ab.

Auf dem Weg zum Schönberg

Sag' ich von wegen Hofers dir etwas.

HASPINGER. Ich glaub', ich weiß es schon.

SPECKBACHER.

Ein Haupt tut not.

Willst du es sein?

HASPINGER.

Bewahr mich Gott vor Hochmut!

Ich sehe alles schwarz, wie könnt' ich führen?

SPECKBACHER.

Und meine listigen Gedanken sind

Denn auch so weit nicht her! Der Alt' ist anders

Als du und ich. Ich lachte oftmals sein

Im Still'n, und in demselben Augenblick

Erzittert' ich vor Ehrfurcht.

HASPINGER. Gut! Er sei es!

Beide gehen ab.

Achter Auftritt.

Hochebene unweit de Berges Isel. In der Ferne die Türme von Inspruck.

Andrea Hofer steht unter vielem Volke.

HOFER.

Nun liebe Brüder Landsverteidiger,

So stehn wir wieder an dem Berge Isel,

Der zweimal unsrer Waffen Glorie sah.

Zuerst im Lenz, wo sich die Bayern hier

Ergaben an den guten Major Teimer,

Im Sommer dann, wo wir den Deroy schlugen.

Da scheint die Martinswand, und dort liegt Inspruck

Und Kaiser Maxens Geist umschwebt uns hier!

DAS VOLK.

Du hast uns, Vater! aufgemahnt, wir sind

Dir, wie sich's ziemet, gern gefolgt; jetzt sag uns,

Was ist des Zuges Zweck?

HOFER.

Das Land Tirol

Dem Kaiser zu erhalten.

VOLK. Der uns ließ?

HOFER.

Noch nicht, ihr Kinder! noch ist Friede nicht,

Und wird auch nimmer werden, wie der Feind will.

Im Handbillett aus Scharding heißt's buchstäblich:

»Ich zähl' auf euch, zählt ihr auf mich.« Nun seht,

Die Rechte hackt' ich mir ja lieber ab,

Eh' ich sie meine Schande schreiben ließe.

Nicht kleiner dürfen wir vom Kaiser denken,

Als von uns selbst. Die unglücksvolle Zeit

Erpreßt' auf kurze Dau'r den Pakt von Znaim,

Allein der Adler wird sich wieder rühren,

Dann wär' es schlimm, wenn wir in fremden Händen.

Drum hab' ich euch berufen, daß wir wert

Des Namens bleiben! Schild von Österreich!

Wie wir die ärmsten sind von seinen Kindern,

So müssen wir die treusten sein des Kaisers.

Gold gibt ihm Hungarn, Steine Böheim, wir,

Wir haben nur ein Herz voll frommer Liebe,

Und einen Arm, der dieses Herzens Willen

Ausrichten kann. Wir müssen ihn erkämpfen,

Verdienen das Zutrauen, das in uns gesetzt

Das alte heil'ge Erzhaus Österreich.

Wenn dann der Kaiser seinen Frieden macht,

Und fröhlich sitzt in seinem Pomp zu Wien,

Und alle Völker ob und nied der Ens

Den Thron umstehn, dann schaut er wohl zuerst

Nach seinen grau und grünen Bergesschützen!

VOLK.

Doch Vater, wenn es anders kommt?

HOFER.

Gott wend' es!

Wir aber werden auch das letzte Unglück

Wie Männer tragen.

VOLK.

Und aus dem Lande führest du uns nicht?

HOFER.

Auf unsern Bergen bleibe ich mit euch,

Da woll'n wir jubeln, weinen, siegen, sterben;

Ich sag' es euch, und schwöre, daß ich's halte.

VOLK.

So sind wir dein, mit Leib und Herz und Geist,

Vivat der Sandwirt! Hoch, Andreas Hofer!

HOFER.

Dank Brüder! Seht auf mich, und was ich tue.

Wie ich die Kugel aus der Büchse sende

Dorthin

Er schießt seine Büchse ab.

So send' ich die Gedanken fort

Ins Lager, in die Schanzen der Franzosen!

Und niemand denke etwas anders nun,

Als daß die Leiber

Wie die Gedanken jetzo müssen tun.

Neunter Auftritt.

Speckbacher und Haspinger treten auf, Hofer ihnen entgegen.

HOFER.

Ei lieber Joseph, teurer Pater Jochem!

Ha, herzerstärkend labendes Begegnen!

Ei, wie das freuet, solche Freunde sehn

In solcher Zeit! Nun wären wir zusammen!

Und stehn zusammen! Gebt mir eure Hände!

SPECKBACHER.

Dank, Gegengruß und Handdruck, Andres Hofer!

Die Zeit will Eil', drum kürz' ich meine Worte:

Die höchsten Ehren bring' ich deinem Haupt!

Du sollst in diesem Krieg als Oberfeldherr

Das Land Tirol und seiner Männer Kraft

Zum Siege leiten!

Ich, und der würd'ge Pater Haspinger,

Die Häupter der Bewaffnung in den Bergen,

Beschlossen's des gemeinen Bestens wegen,

Verkünden's dir, und harren deiner Antwort.

HOFER.

Was? Joseph! Joachim! Wie meint ihr dieses?

Ich bitt' euch, meine Brüder, übereilt nicht

So wicht'ges Unternehmen und Verhandeln,

Ich bin ja nur ein Bauer von Passeier;

Was hab' ich denn voraus vor so viel andern

Gewitzten, kühnen und verständ'gen Männern?

SPECKBACHER.

Die Wahl bleibt fest in ihrer Kraft bestehn.

Was unser Witz und unsre Kühnheit leistet,

Ist dein, zu groß- und heldenmüt'ger Führung!

Brauch unsern Rat, wir brauchen dein Gemüt.

HASPINGER.

Begreifst du's nicht, so nimm es für ein Wunder.

HOFER.

Recht! Alle Macht ist eins. Ich will nicht grübeln,

Nicht deuteln, was euch lenkt'! Ich nehm' es an,

Wofern die Landsgemeinen nichts entgegnen.

VOLK.

Vivat, Sr. Gnaden, Andreas Hofer, hoch!

HOFER.

So nehm' ich's an! Daß Gott der Herr es segne!

Speckbacher, hast du einen Plan ersonnen

Zur nächsten Schlacht?

SPECKBACHER.

Ja wohl, mein Herr und Führer!

Im Schupfen, wenn es dir gefällig ist,

Gedenk' ich gründlich ihn dir vorzulegen.

EIN BOTE *kommt. Zu Speckbacher.* Herr Kommandant!

SPECKBACHER *auf Hofer deutend.*

Zu diesem Größern rede,

Der Ober-Kommandant ist von Tirol!

BOTE.

Der Herzog Danzigs ist im vollen Feuern

Mit unsern Posten, die bei Tschilfes stehn.

SPECKBACHER.

So haben sie zu früh sich doch gezeigt!

HOFER.

In Gottes Namen! Morgen, Freunde! heißt's:

Die dritte Rettungsschlacht am Berge Isel!

Zu Speckbacher.

Du hast?

SPECKBACHER. Sechstausend.

HOFER *zu Haspinger.* Du?

HASPINGER. An Siebentausend.

HOFER.

Fünftausend Schützen aber folgen mir.

So sind wir achtzehntausend, und der Herzog

Hat wenig über fünfundzwanzigtausend.

So ist denn das Verhältnis gut und richtig,

Nach den Bergen deutend.

Denn diese Bundsgenossen zählen mit.

Gebt mir 'nen Degen. Ich hab' keinen.

SPECKBACHER.

He!

Wer hat 'nen Degen hier!

Gemurmel unter den Tirolern. Einer tritt zögernd vor.

DER TIROLER. Ich hätte wohl

Er reicht Speckbacher zögernd den Degen.

SPECKBACHER.

Was? den da! mit dem weiß und blauen Bändel?

Ein Bayerschwert, bei Gott! Wie heißt du?

DER TIROLER.

Schasser.

Ich hatt' im Frieden ja den Dienst beim Salz-

Gewerk zu Hall.

SPECKBACHER.

Nein, das wär' gar zu toll!

Ist vieles auch bei uns nicht recht im Schick

Des Feindes Degen in des Feldherrn Hand!

Nimm ihn zurück!

Er will dem Tiroler den Degen zurückgeben. Haspinger nimmt ihn.

HASPINGER.

Gebt ihn dem Hofer nur!

Der Stahl ist tot, der Wille macht lebendig.

Sieh's wie die erste Beute an vom Feind,

Von dem wir Alles rückerobern müssen,

Haus, Kirch' und Altar, Kraft und Mut und Wehre;

Er reicht ihm den Degen.

Mit Feindes Zeichen such des Landes Ehre!

Hofer tritt zurück.

Du scheust dich vor den Farben?

HOFER.

's ist nicht das!

Vor meinen eigenen Gedanken bebt' ich.

Gebt mir das Schwert!

Er empfängt den Degen.

Mir zittert meine Rechte,

Da ich den Knopf und Griff des Schwertes fasse!

Denn es bedeutet die gewalt'ge Macht

Des Feldherrn über Tod und über Leben!

Welch ein Vermessen, solche Macht zu geben

In eines armen sünd'gen Menschen Hand!

Mit Glück und Trauer füllet dieser Stand.

Ein Kreuz am Griff! Das Kreuz denn heb' ich auf:

Er hält den Degen empor.

Gott Vater, lenk Andreas Hofers Lauf!

Du Bayerschwert! 'S gilt ehrliches Gefecht

Für alten Herrscher und für altes Recht!

Er geht voran, die andern folgen.

Zweiter Aufzug.

Im französischen Lager. Morgendämmerung.

Erster Auftritt.

Fleury und La Coste die einander begegnen.

LA COSTE.

Wie? Seh' ich recht? Sind Sie es, Fleury, wirklich?

FLEURY.

Ich bin's, La Cost', und grüße Sie, mein Freund!

LA COSTE.

Wo kommen S i e her?

FLEURY.

Vom Prinz Vizekönig

Aus Villach.

LA COSTE.

Und was suchen Sie bei uns?

Freund! Woll'n Sie *grande misère* mit uns spielen?

FLEURY.

Nun sagt mir nur, ihr Kinder, was ihr machtet?

Durch Salzburg ging ich, hört', ihr wäret kaum

Vor Bozen einzuholen, mindestens

Weit über Brixen müßtet ihr hinaus sein;

Und find' euch hier gelagert in der Ebne

Vor Inspruck stumm und still, wie Tote, liegen.

Zerbrochne Adler seh' ich und Soldaten

Verschied'ner Farb' und Nummern durcheinander.

Mißmutig putzen sie beschmutzte Waffen,

Und alle Lieder, welche unsre Läger

Sonst widertönen, sind als wie vergessen.

Entgegen rasselt mir der trübe Zug

Der Leiterwagen mit Verwundeten.

Und dennoch hör' ich nichts auf meine Fragen,

Als: daß die Bauern etwas schwierig wären.

Es fiel doch wohl kein großes Unglück vor?

LA COSTE.

Der Maßstab ist verschieden, mir scheint's groß.

Wir sind geschlagen von den Bauern, Freund!

Ich mag nicht gern auf meine Obern lästern,

Mir deucht's wie Anarchie, doch im Vertraun:

Den Marschall warnt' ich, wär' er mir gefolgt,

So wären wir nicht hier!

Er kennt das Volk nicht, das auf seinen Bergen

Dem Quell des Wetters näher wohnt, und das

Von Wind und Wolken manche List sich merkt.

Speckbachern, der uns all das Unglück braut,

Hatt' er so nah, er durft ihn nur ergreifen,

Er tat es nicht!

Er zog durch diese gräßlich wilden Engen

Gemächlich dreist, als gält' es zu durchschneiden

Den Sand von Magdeburg nach Potsdam. Bald

Erschienen Hiobsboten: unsre Korps

Bei Prutz und Laditsch waren aufgerieben.

Zugleich beginnt's wie Scheibenschießen, rechts,

Links, von den Gipfeln all'n; die Alpen starr'n

Von der Tiroler bienendichten Haufen!

Bis zu den höchsten Spitzen, wo sie sich

In Wolken hüllen; nichts als Röhr und Schützen!

Vergebens stürmten wir auf Tschilfes und auf Tschöfes.

Kein Ausweg war aus diesem grausen Netz;

Die Kugeln schlugen wie die Schloßen ein

In die Kolonnen, unsre Truppen knirschten,

Daß sie wie wehrlos Wild gemordet wurden.

Zum Rückzug mußten wir uns wenden, viel

Ging uns verloren, und so sind wir hier.

FLEURY.

Sie singen mir ein traurig Lied, La Coste!

Doch um so passender ist, was ich bringe

Von seiner Hoheit, denn die Anweisung

Heißt kluge Mäßigung, vorsicht'ges Zaudern.

LA COSTE.

Ich fürchte, diese Lehren fruchten nichts.

Hier kommt er. Schweigen wir.

Zweiter Auftritt.

DER HERZOG VON DANZIG *tritt auf.*

Wo ist der Oberst,

Den Seine Hoheit Prinz Eugen mir sendet?

FLEURY.

Ich bin's, Ew. Durchlaucht.

HERZOG.

Guten Morgen, Oberst!

Ich meint' es gut mit Ihnen, wollte nicht,

Daß Sie den langen Weg bis Bozen machten,

Zur Grenze ging ich Ihnen drum entgegen.

Zugleich erfahren Sie von einer Wette,

Die ich mit Frau Fortuna jüngst gewagt.

Ich schwor, daß ich noch scherzen wollte, wenn

Sie mir den schlimmsten Weiberstreich gespielt.

Entscheiden Sie, ob ich gewonnen habe.

Allein genug hiervon! Zu Ihrer Botschaft:

Was ist's, das Seine Hoheit mir befehlen?

FLEURY.

Der Sohn des Kaisers meint mit seinem Stabe,

Sie sollten, mein Herzog, wenn sich nirgends

Ein Widerstand ereigne, jene Richtung,

Die erst beschloss'ne, durch das Land verfolgen,

Wenn aber sich es zeige, daß der Herd

Des Aufruhrs hier noch glüh', den Fuß nicht tiefer

Vom Grenzgebiete in die Grafschaft setzen.

HERZOG.

Und weshalb lautet so des Prinzen Meinung?

FLEURY.

Weil Seine Hoheit nah den Frieden glaubt.

Es sei nicht angemessen, sagt der Prinz, um das,

Was binnen kurzem in dem Rat der Herrscher

Uns ohne Zweifel zugestanden wird,

In ein verwickeltes Gefecht zu gehn.

Auch dämpfe man den Aufruhr am geschwindsten,

Wenn man das kleine arme Land umstelle,

Das ohne Zufuhr von der Nachbarschaft

Nicht leben kann. Es werde ferner,

Und nicht die letzte Rücksicht sei das, Elend

Und unnütz Blutvergießen so gespart.

Dies war'n die Gründe, die im Hauptquartier

Ich über diesen Gegenstand vernommen.

HERZOG.

Kürzlich: ist es der wörtliche Befehl

Des Oberfeldherrn, daß ich mit dem Korps

Hier stehen bleibe, wenn, um vorzurücken,

Es ein'ger Schüsse braucht?

FLEURY.

Die Auslegung

Der Ordre ist Ew. Durchlaucht überlassen.

»Der Marschallstab macht mündig,« sagt der Kaiser.

HERZOG.

Und jeder handelt nur in s e i n e m Sinn.

Wie früh ist's, meine Herrn?

LA COSTE. Drei Uhr passiert.

HERZOG.

In einer Stunde also ist es Tag.

Zu La Coste.

Lassen Sie Reveille blasen!

LA COSTE.

Gnäd'ger Herr,

Die Truppen sind aufs äußerste erschöpft,

Und unsre Sachen stehn fürwahr nicht gut.

HERZOG.

Es ist der letzte Tag, der uns vereinigt!

Herr Oberst Fleury, ich ersuch' Seine Hoheit

Um einen minder weisen Offizier.

S i e soll'n erfahren, was mich schlagen heißt.

Ich bin der Meinung, daß des Kaisers Reich

Nicht bloß auf Pulver und auf Blei sich gründe,

Vielmehr hauptsächlich auf der goldnen Ehre!

Der heilge Schatz, dies Vließ der tapfern Herzen,

Bedünkt mich aber hier wie in Gefahr.

Ha! soll'n wir uns von Bauern scheuchen lassen?

Mit Abscheu denk' ich's. Drum, weil Ehre will,

Und nicht aus Eigensinn lief'r ich die Schlacht.

Es kann mich Unglück treffen; aber nie

Werd' ich was tun, was unsern Ruhm beleidigt!

Indessen, hoff' ich, geht hier alles günstig;

Ich hab noch dreiundzwanzigtausend Krieger,

Von deren Wangen Blässe weichen wird.

Wenn sie die Stimme der Kanonen hören!

Er geht, die Offiziere folgen.

Dritter Auftritt.

Platz vor dem Wirtshause am Isel.

Andrea Hofer und Joachim Haspinger treten auf.

HOFER.

Ich hatte einen wundersamen Traum,

Dreimal warf ich das Schwert, das ihr mir gabt,

Hinweg von mir, in einen tiefen Abgrund,

Und dreimal kam es durch die Lüfte wieder.

Und ließ sich sacht zu meinen Füßen nieder.

Soll man auf Träume wohl was halten, Vater?

HASPINGER.

Nach dem der ist, der träumt, mein lieber Sohn!

Wer Tags den Leib mit Speis' und Weine stopft,

Und bloß auf Eitelkeit und Wollust denkt,

Der lügt sich nachts was vor, so wie am Tag.

Wer aber still den Geist zum Herrn erhebt,

Und heimlich weint, daß er ihn nicht erreiche,

Dem nahen wohl in dem verschwiegnen Dunkel

Die göttlichen Gestalten, deren Fuß

Zu zart ist für die sonnerhitzte Erde,

Und was das ird'sche Aug' nicht sehen kann,

Das tritt zum Geistes-Auge leis' heran.

HOFER.

Doch welch ein Engel nahte meinem Traum?

HASPINGER.

Der lieblichste im ganzen Himmelsraum;

Der süß errötet, jungfräulich erschrickt,

Wenn Gott auf ihn mit allen Gnaden blickt.

Der Engel: Demut!

HOFER.

Lies die Messe mir!

Ist die Kapelle weit?

HASPINGER.

Kaum fünfzig Schritte.

Sieh dort den Schein der ew'gen Lampe.

HOFER.

Kommt

Wohl Joseph Speckbacher zur Andacht?

HASPINGER.

Nein.

Der untersucht die Postenkette, rennt

Und stürmt und schwitzt seit ein Uhr durch die Nacht.

HOFER. Mich schmerzt es, daß er gottlos ist.

HASPINGER. Ei laß ihn!

HOFER.

So ungebeichtet in den Streit zu gehn!

Mir wär's unmöglich. Blutig kann es werden,

Für jeden sperrt der Tod den Rachen auf.

Welch eine schreckliche Verfassung wär's,

Wenn man, das Blei im Busen, ohne Nachtmahl,

Mit dem Erlöser nicht versöhnt, verzweifelnd,

Der Ewigkeit entgegenschaudernd läge.

Komm, Vater! reiche mir das Sakrament.

Mein Herz nach Christi heil'gem Leib entbrennt.

Sie gehen ab.

Vierter Auftritt.

SPECKBACHER *tritt auf.*

> Wo ist der Sandwirt? Hat er Zeit zu schlafen?
>
> Die Pestilenz! Wo bleibt er? Kreuz und Schlag!

Hofer und Haspinger kehren zurück.

HOFER.

> Wer flucht so grimmig in den stillen Morgen,
>
> Und hemmet unsern pflichtgemäßen Gang?
>
> Schäm' dich doch, Joseph!

SPECKBACHER.

> Lieber Vater Hofer!
>
> Der Himmel hat ein Einsehn und verlangt
>
> Von Speckbachern heut kein Gebet. Ich stehe,
>
> In meinem Schweiß gesotten! Lumpenvolk!
>
> Die Hälfte meiner Mannschaft war davon,
>
> Verlaufen zu den Weibern, zu den Kindern,
>
> Frühstück zu essen, Vieh zu füttern! Bloß
>
> Die Feuer taten ihre Pflicht, und brannten.
>
> Da trieb ich in der Eil zusammen, was
>
> Sich raffen ließ: Landfahrer, Bändelkrämer!

Notdürftig wieder sind die Posten voll.

Ein Tiroler Marsch.

EISENSTECKEN *tritt auf.* Sind das die deinigen?

HOFER. Der wird's uns sagen.

EISENSTECKEN.

Die Landsverteid'ger, Oberkommandant,

Von Meran und Passeier und Allgund,

Von Schalders, die von Mais, vom Grab Sankt Veltens.

Von Scheuna, Partschins, und die Pustertäler,

Vintschgau, und etliche von Gröden, Sarn,

Die Kästelruthner und die Rodenecker,

Die Kompagnien Lazfons, Velthurns, Villanders,

Stehn aufmarschiert an dieses Berges Hang.

HOFER. Komplett?

EISENSTECKEN. Komplett.

HASPINGER *zu Speckbacher.*

Der schläft und sieht nicht nach,

Und seine Leute bleiben.

SPECKBACHER.

's ist zum Ärger!

Verdrießlich lachend zu Hofer.

Ich werd' euch noch vergiften, Exzellenz!

HOFER.

Zweihundert Schützen sollen vorwärts rücken,

Bis, wo der Hügel in die Ebne läuft.

Und, wenn der Feind sich ihnen nahen wird,

Ein leichtes Plänkeln mit ihm einzugehn,

Sie sollen sich, was mehr, nicht unterstehn.

Das Hauptkorps lagert sich, wo's jetzt befindlich,

Gedeckt vom Berg und seinen Waldeshöhn.

Eisenstecken ab.

SPECKBACHER.

Eröffne deinen Plan mir, lieber Sandwirt!

HOFER.

Joseph, ich weiß noch nicht! Er wird sich finden

Zu seiner Zeit.

EISENSTECKEN *kommt wieder.*

Dort unten trommelt's, wimmelt's.

Der Feind tritt an.

HOFER.

So soll'n wir armen Bauern

In Streit gehn mit den Herren dieser Welt!

SPECKBACHER. Zum rechten Flügel eil' ich.

HASPINGER. Ich zum linken.

HOFER.

Ich bleibe hier im Mittelpunkt der Schlacht.

Die Schatten weichen und der Tag bestrahlt

Die Straße, die nach Östreich weist und Wien.

Auf eure Posten, Brüder! lebet wohl!

HASPINGER.

Der lebte wohl, der heute kampfrot stürbe!

Indes auf Wiedersehn.

SPECKBACHER. Auf siegreich Wiedersehn!

HOFER *gibt ihnen die Hand.*

Auf Wiedersehn vor Kaiser Maxens Stadt!

Alle ab.

Fünfter Auftritt.

Schlachtfeld. Schießen. Getümmel.

Der Herzog von Danzig tritt auf mit La Coste.

HERZOG.

Zwei Bataillone sollen die Besatzung

Der Brücken, die bei Volders und bei Hall

Sich über'n Inn erstrecken, gleich verstärken.

Es gilt, um jeden Preis den Inn zu halten.

Und dort befehligt Speckbacher, nicht wahr?

LA COSTE. So ist's!

HERZOG.

Dort gilt es Vorsicht! Er versteht,

Ich hab's erfahren, gründlich sein Gewerbe.

Gehn Sie, La Coste!

La Coste ab.

FLEURY *kommt.*

Unsre Truppen wanken

Bei Natters und bei Mutters, und der Pater

Dringt wütend gegen unsre Schanzen vor

HERZOG.

Sie sind doch nicht genommen?

FLEURY.

Nein, noch nicht.

Doch Gen'ral Raglovich begehrt Sukkurs,

Er könne sie nicht länger halten, sagt er.

HERZOG.

Er soll sie halten! Sagen Sie ihm das.

Ein Regiment kann durch den Sumpf bei Gallwies

Den Feinden in die linke Flanke gehn,

Und sie von Ödenhausen rückwärts fassen,

Dann schieb' er seine Front im Sturmschritt vor,

Und quetsche so die Bauern dort zusammen.

FLEURY.

Daran hat auch der General gedacht,

Allein der Sumpf bei Gallwies ist zu tief,

Es wird entsetzlich Menschen kosten.

HERZOG.

Möglich

Auch nehm' er kein französisch Regiment,

Die Sachsen oder Bayern soll er nehmen.

Fleury ab.

So steht's denn auf den Flügeln, denk' ich, gut.

Und hier im Centro werf' ich selbst den Feind.

Mehrere Soldaten und Offiziere treten auf.

Was wollen meine Tapfern?

EIN OFFIZIER.

Hoher Feldherr!

Befehl zum Stürmen auf des Isels Höh'!

Nur dünn zerstreute Haufen der Empörer

Ziehn, Füchsen gleich, durch das Gebüsch, und necken

Sich, einzeln feuernd, mit den Tirailleuren.

Wir schlagen sie mit leichter Müh', und haben

Die Stellung dann, die jeden Punkt beherrscht.

HERZOG.

Wie? Sollte grade hier so wenig stehn?

Kein Wunder wär's, denn, wie ich hab' erfahren,

Befindet ihr Prophet sich auf dem Isel,

Der, im Vertraun auf seine Engelscharen,

Verschmäht, mit ird'scher Macht sich zu umgeben.

Wohlan, zum Sturm! Ihr kamt zur rechten Zeit,

Der Tag ist unser, wenn der Berg gewonnen.

Eu'r Feldherr setzt sich selbst an eure Spitze,

Und will das Los des letzten Reiters teilen,

Denkt eures Ruhmes, ihr beherzten Braven,

Folgt mir zum Angriff auf die Pfaffensklaven!

Mit den Offizieren und Soldaten ab.

Sechster Auftritt.

Platz vor dem Wirtshause am Isel. In der Ferne Schießen.

Andreas Hofer. Etschmann an einem Tische.

ETSCHMANN. Hör' nur das Schießen!

HOFER. Ja, es geht heut scharf.

ETSCHMANN.

Woll'n wir nicht näher zum Gefechte, Sandwirt?

HOFER.

Bleib Etschmann, das Gefecht muß zu uns kommen.

Ich hab' mir was erdacht sie soll'n mich nicht

Zum Oberkommandanten so umsonst

Erwählet haben. Sitz du nur ganz ruhig!

Frau Straubing tritt auf, einen jungen Tiroler an der Hand.

Frau Straubing! Ei! Grüß Gott! zum Element!

Kommst zwischen Hieb und Stich und Blitz und Donner

Zum Iselberg?

FRAU STRAUBING.

Ja, Andres! Hör', mir flogen

Am Sillsteg ein paar Bohnen übern Kopf,

Ich dacht', wenn ich ins Ohr euch hätt' erlangt,

Da wär' ich taub für immer.

Sie faßt ihn bei dem Rocke.

Laß dich anschaun!

Mein, was muß ich an dir erleben? Sprich:

Bist Graf und Fürst nun, und des Kaisers Leutnant,

Gebiet'ger aller Menschen in Tirol?

Du alter bärt'ger Kauz, wie ging das zu?

HOFER.

Ich weiß nit, Kathi, aber 's ist mal so.

FRAU STRAUBING.

Zu Tod wollt' ich mich lachen, da ich's hörte.

HOFER.

Lachst du mich aus, laß ich in Turm dich schmeißen.

FRAU STRAUBING.

Dann zieh ich dir durch's Gitter noch 'n Gesicht.

HOFER.

Nun plappre nicht so wüst. Was willst allhier?

FRAU STRAUBING.

Ich hab' ein zweierlei Gewerb. Zum ersten:

Von wegen der fünfhundert Gülden und

Dem Roßtausch auf der Steeger Kirms; du hast

Nichts Schriftliches mir drob getan, ich hab'

Auch keine Zeugen nicht. Kommst du heut um,

So bin ich um mein Geld.

HOFER.

Ich dacht' schon dran.

Ich hab' den Schein verfaßt.

Er nimmt aus dem Gürtel ein Papier und reicht es ihr.

FRAU STRAUBING *liest.*

»Fünfhundert Gülden schuldig.«

So ist es recht. Und zahl' mir's, wenn du kannst.

Mein zweit Gewerb betrifft den Buben hier.

HOFER.

Ist's nicht der Heinrich Stoß?

FRAU STRAUBING.

Der Heinrich Stoß,

Der Sohn vom Lammeswirt, mein künft'ger Eidam.

Hielt nachts bei Bärbelchen den Chiltgang. Ich

Nahm ihn von seines Mädels Seit' und sprach:

Steh auf, mein Bürschel, 's gibt noch mehr zu tun,

Als Liebchens Wang' zu küssen, stell ihn vor dich,

Und heisch von dir, du stell' ihn vor den Feind.

HOFER.

Vom Liebchen fort ins Todesfeld! Wir brauchen

Jedweden heut, der kommt. Ein hübscher Jung',

Wie Sommerfrisch' und Alpenrösleinpracht,

Und Augen, wie der Spielhahn, wenn er singt!

Geh' Heinrich Stoß zur Vorhut! Hört er nicht?

FRAU STRAUBING.

Hängt noch an Bärbels jungem Mund. Wir waren

Auch einmal so!

Sie rüttelt den jungen Tiroler.

Kam'rad, schau um dich,

's ist nicht das Kämmerlein zu Wilten, stehst

Inmitten deiner Brüder.

Schießen.

Was Gesell,

Soll ich der Bärbel von dir sagen?

HEINRICH *tritt vor Hofer.*

Wo

Gebeutst du, daß ich stehe?

HOFER. Geh' zur Vorhut.

HEINRICH.

Grüß', Mutter, tausendmal mein liebes Dirnel!

Er geht.

FRAU STRAUBING.

Nun wird mir weh ums Herz. Andres, leb wohl!

HOFER. Verweile noch!

FRAU STRAUBING.

Ich kann nicht. Alle Stuben

Hab' ich voll Einquartierung, Sieche, Matte;

Die armen Schälk' sind ganz verhungert, kochen

Muß ich, was nur das Zeug hält.

HOFER.

Soll ich dir

Bedeckung geben mit?

FRAU STRAUBING.

Was? Bist du geck?

Zwei Arm' und dieser Stab bedecken mich

Hinlänglich wohl. Weh dem, der mir zu nah kommt!

Wo ich zuschlage, wächst kein Gras! Adjes.

Geht.

HOFER.

Die schreitet zu! Kein Mann käm' mit. Schon ist sie

Den Felsensteg hinunter und den Schatten

Wirft sie bis in die höchsten Tannenwipfel.

Das nenn' ich ein tirolisch Weib!

ETSCHMANN.

Im Reich

Da schnitzten sie aus solcher ein halb Dutzend.

Und weißt du, daß sie wieder heuern will,

Wenn ihre Tochter freit!

HOFER.

Den dritten Mann?

Mit der nähm' ich's nicht auf doch wer kommt hier?

Siebenter Auftritt.

FALLERN *tritt auf.*

Sandwirt, der Pater fleht um Hilfe dich.

Ein Haufen Feinde, durch den Sumpf gegangen,

Hat uns im Rücken listig angegriffen,

Ein fürchterlich Gemeng' ist in der Kluft,

Die Unsern weichen.

HOFER.

Ei! was denkt der Rotbart?

Hier gilt's, daß jeder halte seinen Platz.

Ich kann von meinen Leuten kein' entbehren.

Geh nur! der Pater hilft sich schon.

FALLERN.

Er wird

Nicht glauben, Oberkommandant, daß du

So hast gesprochen.

HOFER.

Doch, er wird's. Entweder

Schlug er sich durch, wenn du zurückkommst, oder

Die Hilf' käm' auch zu spät. Der Pater weiß,

Daß Hofer ein tirolisch Herz besitzt,

Doch meine Schützen brauch' ich selber hier.

Fallern ab.

ETSCHMANN.

Ich wollt', der Tag wär' um.

HOFER.

Fürcht'st du dich, Alter?

Fürcht' nichts, zum Herzen Jesu hab' ich mich

Verlobt, der Herr verläßt die Treuen nicht.

Bring einen Morgentrunk die Luft zieht kühl

Vom allerbesten Weine bring den Trunk,

Und in dem großen silbernen Pokal.

Heut ist ein Ehrentag, da muß man trinken

Den besten Wein aus seinem besten Becher.

Etschmann geht ab.

He, Eisenstecken!

Eisenstecken tritt auf.

Reite doch hinüber

Zum rechten Flügel, schau, was Speckbacher

Dort macht, und wie die Sachen um ihn stehn.

Sind wohl die Brüder Rainer hier zur Hand?

EISENSTECKEN.

Sie liegen mit den andern hinterm Berge.

HOFER.

Schick', eh du fortreit'st, mir die beiden Sänger.

Eisenstecken geht.

Etschmann tritt auf mit einem Pokale.

So, setz' ihn her. Ein kostbar Stück von Arbeit!

Er spielt im Lichte, wie ein Edelstein.

Der Kaiser und die Herren Erzherzöge

Sind hier im Silber künstlich eingegraben,

Und auf dem Deckel prangt das alte Schloß

Tirol, nach dem wir Meraner, Passeirer

Beständig schaun, das uns erinnert an

Die Freiheiten, die Recht' und Privilegien

Der sel'gen, gnäd'gen Frauen Margaretha.

Ja, dächte jeder nur der alten Zeit

Achter Auftritt.

Die Gebrüder Rainer treten auf.

HOFER.

Ei, seht's! Nun, ist die Kehle glatt und wacker?

DIE RAINER.

Probier's, Herr Kommandant!

HOFER.

Singt mir ein Lied

Zum Zeitvertreib! Die Zeit wird mir was lang.

RAINER.

Was willst' für eins, Herr Oberkommandant?

HOFER.

Nun, ein paar Schnatterhüpfle, grün und lustig.

DIE RAINER *singen.*

A frischa Bua bin i,

Hab drei Federle am Hut,

Den Bua möcht i sehen,

Der mer die abi tut.

HOFER.

Etschmann, sing mit den Chor!

Singt mit Etschmann und den Rainern im Chor.

Den Bua möcht i sehen,

Der mir die abi tut!

EISENSTECKEN *tritt auf.*

Speckbacher läßt dir sagen, ganz unmöglich

Könn' er den Feind von seinen Brücken werfen.

Er habe sich verstärkt, Speckbacher hält sich,

Doch schafft er nichts. Auf Werfens Weite stehn

Tiroler und Franzosen sich entgegen.

Ein greulich Schießen ist in jenem Plan,

Um jeden Fußbreit Landes wird gekämpft.

Du möchtest, sagt er, von dem Berg hinab

Dich auf den Herzog werfen, bald, geschäh's

Nicht bald, meint er, wird's übel gehn.

HOFER.

Ich hab' geschworen, meinen Berg zu halten,

Kommt der Franzose mir an meinen Berg,

So soll ihm blutig werden dieser Berg.

Fürwitzig steig' ich nicht zur Ebne nieder,

Die Berge sind mein Haus und mein Verlaß,

Singt weiter, Kinder!

DIE RAINER *singen.*

Bin i auf und ab ganga

Durchs ganza Tirol,

Hat mir kani so g'fall'n

Als mein Nani, wißt's wohl.

HOFER.

Frisch, Eisenstecken, mach den Chorus voll!

Singt mit Eisenstecken und den Rainern im Chor.

Hat mir kani so g'fall'n

Als mein Nani, wißt's wohl.

MEHRERE TIROLER *treten hastig auf.* Zu Hilfe!

HOFER. Was gibt's?

DIE TIROLER.

Sie rücken zu Berge! Ein wandelnd Feuer!

Voran des Herzogs weißer Federbusch!

ANDERE TIROLER *kommen.*

Die Schützen fragen, was sie machen soll'n?

HOFER *steht auf.*

Zurück die Schützen! Und das Hauptkorps vor!

Richt's, Eisenstecken, aus.

Eisenstecken ab.

Wie weit sind sie?

DIE TIROLER.

An tausend Schritt vom Berg.

HOFER.

Bringt's Lied zu End!

DIE RAINER *singen.*

A Büchsel zum Schieß'n,

A Stoßring zum Schlag'n,

A Dirnel zum Lieben,

Muß a frischer Bua hab'n.

Wahrend des Gesangs hat sich der ganze Platz mit Schützen angefüllt.

HOFER. Singt alle mit!

ALLE.

A Büchsel zum Schieß'n,

A Stoßring zum Schlag'n,

A Dirnel zum Lieben,

Muß a frischer Bua hab'n.

HOFER.

Ihr sollt's behalten.

Er ergreift den Becher.

Auf des Kaisers Wohl

Trink' ich aus diesem blanken Ehrenbecher.

Er trinkt.

Trinkt alle draus, und laßt den Becher wandern.

Er gibt ihn dem Nächsten, dieser seinem Nachbar, und so macht der Becher die Runde.

Nun sind wir, wie die Brüder e i n e s Blutes.

Schießen.

Ihr Freunde! jetzt ist's Zeit. Ihr flinken Buben,

Ladet die Büchsen, stürzt vom Berg hinab.

Ihr muntern Reiter streicht die Seitenpfade!

Ein Waldstrom, brausen wir auf ihre Häupter.

Bei meinem Bart! Ich möchte nirgends anders

Und niemand anders sein, als der ich bin.

Kommt, Kinder, kommt! Die Landspatrone streiten,

Auf Feuerrossen jagend, uns voran!

Dem Kaiser Heil! es lebe Franz, der Kaiser!

ALLE.

In alle Ewigkeiten Östreich hoch!

Allgemeiner Aufbruch. Schießen. Schlachtmusik hinter der Szene.

Neunter Auftritt.

Schlachtfeld. Zur Seite eine Anhöhe.

FLEURY *tritt verwundet auf.*

> O Mißgeschick, o dummes Spiel des Zufalls!
>
> Von hundert Meilen komm' ich her, zu fallen
>
> In dieser argen wüsten Bauern-Schlacht!
>
> O Ruhm! o Ehre! eurem Wort gehorcht' ich
>
> Mein Leben lang, und nun gebt ihr zum Dank
>
> Mir nicht einmal den Tod auf eurem Felde.

Er sinkt nieder.

Französische Soldaten treten fliehend auf.

> Wer kommt? Landsleute?

EINER. Der Teufel ist dein Landsmann!

FLEURY. Sind wir besiegt?

EIN ANDERER *zum Ersten.* Mach fort!

FLEURY. Nehmt mich auf! Oberst Fleury

ERSTER. Krepier', wo du willst. *Gehen ab.*

FLEURY. Es ist auch eins!

DER HERZOG VON DANZIG *tritt auf.*

Wach' ich? Was heißt das? Ward der Berg lebendig?

Wie Milben wimmelt es hervor und nagt

An tausend Stell'n uns an!

Hätt' ich nur Truppen von dem rechten Flügel!

Nur einen Boten zu dem Raglovich!

FLEURY.

Mich schickst du nicht zum zweitenmal.

HERZOG.

Wer stöhnt dort?

Doch Oberst Fleury nicht?

FLEURY.

Noch Oberst Fleury,

Bald Staub und Oh! Gib's Leben mir, ich will

Auch künftig beichten gehn!

HERZOG.

Spar deinen Atem

Zu Wichtigerm! Wie steht's bei Ambras?

FLEURY. Leben!

Stirbt.

HERZOG *rüttelt die Leiche.*

Wie steht's bei Ambras?

Französische Soldaten flüchtig.

Halt! Woher?

EINER. Von Ambras.

HERZOG.

Auch dort! auch dort!

Er tritt ihnen in den Weg.

Eu'r Feldherr

ALLE.

Hört ihn nicht!

Fort! Flieht! Aus den verruchten Bergen fort!

Will er den Weg uns sperren, stoßt ihn nieder!

In wilder Flucht ab.

HERZOG. So brich herein, Verderben!

Zehnter Auftritt.

LA COSTE *tritt auf.*

Hier? zurück!

Der Sandwirt ist im Augenblick heran!

Zurück nach Inspruck! Retten Sie sich, Herzog!

HERZOG.

Ich bitte Sie auf meinen Knien, La Coste!

Erklären Sie es mir! Sind wir vertauscht?

Alte Soldaten führ' ich; was umstrickt

Uns denn mit diesem Netz von Furcht und Schreck?

LA COSTE.

Das Erdreich kämpft zu grimmig uns entgegen,

Die Feinde kennen jeden Maulwurfshügel,

Aus jeder Felsenritze gähnt der Tod.

HERZOG.

O hätt' ich Sie gehört!

LA COSTE.

Nichts mehr davon!

Ich achte, ich bewundre Sie, mein Fürst!

O Gott! verlieren wir nicht unsre Zeit.

Ich höre die Tiroler.

ANDREAS HOFER *erscheint mit Gefolge auf der Anhöhe.*

Liebe Brüder!

Nun fahret unsre sechs Kanonen auf,

Und schießt mit Macht in die gelösten Glieder!

Es soll von denen, die mit mir sich schlugen,

Das ist mein ernster Wille und Befehl,

Kein ganz Gebein zum Rand des Stromes kommen.

Er geht mit den Tirolern ab.

HERZOG.

Wer sagt, das dieses Ungeheuer träg ist?

Kanonenschüsse.

LA COSTE.

Fort! Nutzlos opfern Sie sich!

Fliehende Franzosen. Einer trägt einen Adler.

HERZOG.

Gebt den Adler!

Er glüht vor Scham in euren feigen Händen!

Er entreißt dem Träger den Adler. Die Franzosen entfliehn.

Den Adler schleudr' ich in der Feinde Knäu'l,

Verhüll' das Haupt, und weih's den untern Göttern,

Altrömisch will ich enden!

LA COSTE. Fort nur! fort!

HERZOG.

Ich frage Sie, wie soll ich leben, Freund,

Nach diesem Tag? Nun ist das Kleeblatt voll.

Nun schreibt zu Villeneuve und zu Dupont

Die Schmach den Namen des Lefevre auf.

Sind Sie ein Freund und Waffenträger mir,

Erzeigen Sie dem letzten Dienst dem Feldherrn,

Hier ist der Busen! Stoßen Sie mich nieder!

LA COSTE.

In Kaisers Namen, in des Heeres Namen,

Dem Fassung Eure Durchlaucht schuldig ist,

Fordr' ich Sie, Herzog! auf, sich zu beruh'gen.

Schon sind wir abgeschnitten! List muß helfen.

Hier liegt ein toter Reiter, ziehen Sie

Von dem den Mantel an, so kennt Sie niemand.

Er beneidet dem Herzog mit dem Reitermantel.

HERZOG.

So recht! So recht! Ha Schicksal! du bist witzig,

Des letzten Reiters Los schwor ich zu teilen,

Und borge nun den Mantel gar von ihm.

Sie gehen ab.

Elfter Auftritt.

Andreas Hofer. Eisenstecken. Etschmann. Viele Tiroler.

HOFER.

Hier wären wir! Der Herzog hat es weg.

Wer sagt uns was von unsern Freunden?

EISENSTECKEN.

Da

Kommt Pater Jochem freudenrot.

Haspinger tritt auf.

Laß dich

Umarmen!

HOFER. Steht es gut?

HASPINGER.

Ich stamml', ich zittre!

Das das bleibt unser, was wir heut erlebt,

Kommt's noch so schlimm hinfüro!

Ich jagte sie nach einem blut'gen Kampf,

Und trieb sie deinen tapfern Rotten zu.

SPECKBACHER *tritt auf.*

Wenn ihr euch küßt, nehmt auch Speckbachern auf

In eurer Arme Knoten er ist's wert.

Sandwirt! du hast ein tüchtig Werk getan.

Der Kern der Feinde, den du kühn geschlagen,

Warf sich in wilder Hast auf jene Brücken,

Mit deren Schützern ich nicht fertig ward.

Da ward ein Strudeln, eine Unordnung,

Nicht konnte die Besatzung sich erwehren

Des Andrangs von den eignen Ihrigen.

Die Brücken brachen, meine Kerle schossen

Als wie die hellen Teufel auch darunter,

Und was nicht schwimmen konnt', ertrank im Inn.

HOFER.

Mit wie viel Opfern zahlen wir den Tag?

EISENSTECKEN.

Wir haben, insoweit sich's sagen läßt,

Zweihundert Tote und Verwundete.

Darunter leider einen edlen Mann,

Den Grafen Joseph Mohr. Er fiel und starb

Im Angesicht des Vintschgau's, den er führte.

HOFER.

Ruh' seiner Seel' und christliche Bestattung!

Den teuren Leichnam bringt im Trauerzuge

Der gnäd'gen hochgebor'nen Gräfin Witwe!

Ruh' ihm und allen, ewiges Gedächtnis!

Sah keiner einen jungen Heinrich Stoß?

EISENSTECKEN.

Von dem klingt's schlimm. Trat lächelnd an zur Vorhut,

Gab weder Red' noch Antwort, wie verzückt.

Und lächelte und lud! Und eh' er noch

Das Pulver hat zur Pfann' geschüttet, knattert's,

Rebhühnern gleich, die auf im Fluge gehn,

Und ein Kartätschenschuß hat auseinander

Gerissen ihn, daß dort der Kopf liegt, da

Und dort die Glieder!

HOFER. O du armes Bärbel!

SPECKBACHER.

Pah! Weinen der Franzosen-Bräute mehr!

Die Feinde büßten ein viel Tausende!

S' ist gräßlich, wie das Feld von Leichen starrt.

Darunter Ordenskreuz' und hohe Häupter,

Ich selbst sah tot den Oberst, Graf Max Arco.

Sechzehn Kanonen, viele Fahnen, Adler

Wird man dir bringen kurz, die Schlacht ist ruhmvoll,

In alle Zeiten hin glorreich gewonnen!

Auch will der Herzog einen Stillstand haben

Von einem Tag, um aus dem Land zu fliehn,

Nach Salzburg strebt er mit den Überresten.

HOFER.

Wenn ich bedenke diesen goldnen Sieg,

Der uns Unwürd'gen unverdient geworden,

Recht wie ein Weihnachtskindlein, klar und strahlend,

Und lacht uns groß mit Glanzes-Augen an,

So ist mein Herz der Freud' und süßen Lust

Nicht mächtig, und zu eng für d a s Gefühl,

Und in die Träne bricht das Jauchzen aus.

Er weint.

SPECKBACHER.

Nimm dich zusammen, denn du stehst vor'm Volk.

HOFER.

Ich brauche mich d e r Tränen nicht zu schämen,

Es weint wohl außer mir manch guter Mann.

Das Land ist frei! Herr Gott, wie war das möglich?

Das Land ist frei! Herr Gott, dich loben wir!

Wir ziehn zu Inspruck ein. Sie soll'n die Glocken läuten

Und alles fertig halten zum Tedeum!

Du aber, Eisenstecken, auf!

Sobald du dich geruht, versuch die Füße,

Und geh' nach Comorn in des Kaisers Lager.

Vermelde Seiner Majestät Respekt

Von Ihrem treuen Sohn Andreas Hofer,

Und allem Volk Tirols und Vorarlbergs.

Berichte, was du hier gesehen hast,

Und sag' dem Kaiser:

Die grau und grünen Buben von Tirol,

Sie hätten eine wackere Jagd gehalten

Auf seinen großen Feind, am Berge Isel.

Und sag' dem Kaiser,

Wenn keine Festung und kein Dorf mehr sein,

So wolle doch Tirol ihn nicht verlassen,

Und solle, wenn er das ehrwürd'ge Haupt

Vor seinen Drängern kläglich flüchten müsse,

Zu uns sich wenden, denn wir würden ihn

Mit unsern Leibern decken,

Und stürben eh'r, als daß wir ihn verließen,

Das alles sag' dem Kaiser, Eisenstecken!

Dritter Aufzug.

Wien. Ein Zimmer.

Erster Auftritt.

Der Kanzler an einem mit Schriften und Papieren bedeckten Tische, liest. Ein Legationsrat tritt ein.

KANZLER *blickt auf.* Guten Morgen, Eduard!

LEGATIONSRAT. Ihr seid gestern abend früher von Schönbrunn zurückgekommen, als wir hoffen durften. Ich würde sonst nicht verfehlt haben, Euch noch aufzuwarten.

KANZLER. Wozu das? Ich mag es nicht, wenn jemand ohne Not sich um meinetwillen in seinem Vergnügen stören läßt. Und du ich denke, du unterhieltest dich so ziemlich.

Legationsrat schlägt die Augen nieder.

Das einzige, was ich dir bei dem Handel raten wollte, ist Vorsicht. Gäbe es Lärmen vor der Zeit, so müßte ich dich, nachteilig für dich, schmerzlich für mich, entfernen. Etwas Neues?

LEGATIONSRAT. Nichts von Bedeutung.

KANZLER. Zu den Geschäften denn.

LEGATIONSRAT. Vergebt. Eure väterliche Güte hat mich verwöhnt. Daß Ihr so früh von Schönbrunn zurückgekehrt seid, macht mich unruhig. Ist der Despot, nicht begnügt mit dem schimpflichen Frieden, den er nun abermals von uns erpreßte, noch so weit gegangen, Euch an seinem Feste würdelos zu begegnen?

KANZLER. Im Gegenteile, er gab sich auf seine Weise alle ersinnliche Mühe, mich auszuzeichnen. Denn er hat seit dem Altenburger Tage, wie Pervonte, die überschwenglichsten Dinge im Kopfe, und scheint für mich einen gotischen Wunsch gewinnen zu wollen. Aber du hast recht geahnet, mein Kind, ich entfernte mich früher, als ich gewollt, weil ich wirklich mich nicht in der besten Stimmung befand.

LEGATIONSRAT. Soll ich die Portefeuilles

KANZLER. Ach, du denkst wohl gar, daß es Geheimnisse sind! Nichts weniger, als das, und es ist mir grade recht, den Rest der Laune zu verschwätzen.

LEGATIONSRAT. Was hat Euch mißgestimmt?

KANZLER. Der schlechte Ton, der jene Säle jetzt entweiht. Ich wollte diesem sogenannten Manne des Jahrhunderts gern alle Kränkungen, Unbilden und Sünden verzeihen, wenn er nur Ton hätte!

LEGATIONSRAT. Er meint, der Herr zu sein und das Lied anstimmen zu können, welches ihm behagt.

KANZLER. Es ist nicht das. Wenn er den Polisson macht, ist er oft allerliebst, aber wenn er höflich sein will! Ich fühlte mich schon durch sein damenloses Fest, welches durch gestiefelte Marschälle, durch Intendanten und Wechsler nicht unterhaltender wurde, äußerst gelangweilt, als er auf mich zutrat, und ein schmeichelhaftes Gespräch zu veranstalten suchte. Mir war aber bei seiner überzuckerten Essigmiene immer zu Mute, als bäte mich der ehemalige Offizier vom schweren Geschütz im voraus um Verzeihung, daß er mir auf den Fuß treten werde. Sobald e r die Ronde gemacht und sich zurückgezogen hatte, fuhr ich. Sonderbar, daß doch weder Genie, noch Glück, noch Macht den Mangel an Geburt zu ersetzen vermögen.

LEGATIONSRAT. In seiner Umgebung sind sonst feine Männer. Segur

KANZLER. Ist doch auch nichts. Der Vater, ja, der war ein Edelmann. Der Sohn hat auch schon die moderne saure Falte. Und die Geschmacklosigkeit, die, wie ein schwerer Fluch, über ihrem Herrn und Meister schwebt. Da hat er sich die drei Vließe förmlich abtreten lassen, und erwägt nicht, daß ein einziges den Argonautenzug verdient, daß aber drei, zusammengeschnürt, gemeine Schöpfenfelle werden. Glaube mir, dies endigt, wie eine Farce doch genug davon.

LEGATIONSRAT. O fahrt fort! Von Euren Lippen quillt es wie Mut und Hoffnung für unsre zagende Seele.

KANZLER. Lieber, wenn man dreißig Jahre lang Diplomat gewesen ist, so läßt man das Wahrsagen. Es ist alles Zufall. Kommt er einmal günstig, so wollen wir ihn mit Anstand, wie nur irgend möglich, benutzen; jetzt steht er ungünstig, da heißt es, sich schmiegen, und das ist in zwei Worten die ganze Staatskunst. Öffne deine Portefeuilles.

Legationsrat nimmt von einem Tische mehrere Mappen.
Wichtige Sachen?

LEGATIONSRAT. Nur das Laufende. *Er öffnet eine Mappe und legt sie dem Kanzler vor.* Ungarn.

KANZLER *unterschreibend.* Die Sternberg wird auch alt.

LEGATIONSRAT. Etwas Interessantes hat sie noch immer. *Eine zweite Mappe öffnend und vorlegend.* Slavonien.

KANZLER *unterschreibend.* Sie ist denn doch durchaus passiert.

LEGATIONSRAT *eine dritte Mappe vorlegend.* Kroatien. *Eine vierte Mappe vorlegend.* Militärgrenze.

KANZLER. Gibt es noch einen Krieg, so können wir in Konstantinopel den türkischen Bund nehmen. Wir sind in der Tat bereits ziemlich nach Morgenland gerückt. Warum siehst du mich so an?

LEGATIONSRAT. Meine Gedanken verwirren sich, indem ich Euch betrachte. Ihr tragt den Staat mit allen seinen ungeheuren Schmerzen auf den Schultern, die Zeit ruht, eine verwundete Riesin, der Hilfe wartend, innerhalb dieser vier Wände, und Ihr seid ruhig, ruhiger als jemals, lächelt und scherzt. Als Ihr dem schwachen Jünglinge Eure mächtige Hand botet, da dachte ich stolz: Versuch's, vielleicht wirst du diesem ähnlich. Nicht von fern, ich seh' es jetzt ein, ich bleibe ewig ein Stümper. Gebt mir meine Entlassung.

KANZLER. Du bist ein Närrchen. Werde so alt, wie ich, und du kannst das auch.

EIN KABINETTSSEKRETÄR *tritt auf mit Depeschen.* Vom Duc de Cadore. *Legt sie hin und geht.*

KANZLER. Öffne sie doch, und lies.

LEGATIONSRAT *nachdem er gelesen.* Unerhört! Neue Forderungen! Die widerrechtlichste Deutung der Traktate! Sind denn Verträge nichts?

KANZLER. Nun, nun!

LEGATIONSRAT. Ein Stück von Steiermark wollen sie noch zu Illyrien! Unter den nichtswürdigsten Vorwänden verlangen sie fünf Millionen Gulden über die bedungene Summe.

KANZLER. Wie du da wieder aufbrausest. Du kennst doch ihr Nergeln. Dergleichen überrascht mich von ihnen nicht mehr. Sie sind Emporkömmlinge, und die wissen sich nie zu fassen.

LEGATIONSRAT. Aber wir geben es ihnen doch nicht?

KANZLER. Allerdings, denn wir müssen. Doch vielleicht soll dies nur eine Zwickmühle sein, um ja, ja, wir werden uns davon wohl loskaufen können. Wie? eine fünfte Mappe?

LEGATIONSRAT *eine Mappe vorlegend.* Tirol. *Kanzler wendet sich ab.* O werdet nicht ungehalten! Es ist notwendig, was ich entworfen habe.

KANZLER. Was ist es denn?

LEGATIONSRAT. Ein kaiserliches Handschreiben an die Landleute, nach unserm üblichen Schema abgefaßt.

KANZLER. Verschone mich damit.

LEGATIONSRAT. Sich dem Schicksale zu fügen, ihren Bewältigern zu gehorchen. Ich habe es gemacht, und bitte Euch, legt es dem Herrn zur Unterschrift vor. Sie werden sich ohne dieses, wie ich sie kenne, nicht beruhigen. Unnütze Opfer fallen, und wir haben sie auf der Seele.

KANZLER. Wer gab dir dazu den Auftrag?

LEGATIONSRAT. Nicht diesen strengen Blick, gegen den ich zu schwach bin! Mein Herz, ein Gefühl der Ehre, eine Regung des Mitleids.

KANZLER. Sie sind entlassen worden mit dem Stillstande von Znaim.

LEGATIONSRAT. Aber wieder aufgestanden nach dem Stillstande.

KANZLER. Das taten sie auf eigne Rechnung. Wir sind ihnen dafür keine Gewähr schuldig.

LEGATIONSRAT. Und auf diesen Buchstaben hin wollt Ihr mit d e n Menschen handeln?

KANZLER. Warum nicht?

LEGATIONSRAT. Grausam zerspaltet Ihr mich! Hier ist ein Punkt, wo Ihr mir dunkel seid!

KANZLER. Der Jugend ist das Klarste in der Regel unbegreiflich, wie sie im Gegenteil sich einbildet, bei Nacht sehen zu können.

LEGATIONSRAT. Ihr haßt die Sache, die doch die unsrige ist?

KANZLER. Der Himmel bewahre uns vor solcher Gemeinschaft!

LEGATIONSRAT. Wie?

KANZLER. Du willst mir den Tag gründlich verderben.

LEGATIONSRAT. Verderben?

KANZLER. Ja, ich hasse die Sache, diese unleidige Angelegenheit, deren Erwähnung schon meine Eingeweide mit Ekel schüttelt. Was habe ich nicht getan, um im Rate den unglückseligen Entschluß abzuwenden! Mit welchem Gewissen ziehen wir g e g e n den Kaiser des Pöbels, wenn wir den Pöbel f ü r uns aufregen? Das, das wird furchtbare Folgen haben! Um einen Vorteil, den dreißigtausend Soldaten mehr, mit Zwang ausgehoben, auch errungen hätten, verstrickten wir u n s in den schmutzigsten Widerspruch. Ich habe es nicht hindern können, aber meine Hand soll sich wenigstens von der Besudlung frei halten.

LEGATIONSRAT. Mit Menschen, die ihr Leben für uns ausgesetzt haben!

KANZLER. Das sie ebenso dreist für eine Wilddieberei, für das Einschwärzen verbotner Ware in die Schanze schlagen. Soll mir das Opfer etwas gelten, so muß der Opferer des Opfers Preis gekannt haben. Geben w i r unser Leben hin; wir wissen, was wir einbüßen, welchen Gehalt, welche Freuden. Der Bauer wirft sein Dasein weg, weil es ein Nichts ist.

LEGATIONSRAT. Ihr verachtet das Volk?

KANZLER. Das ist ein neuer Ausdruck, den ich nicht verstehe. Man sprach sonst von Untertanen oder Leuten. Ich drücke keinen, ich will, daß jeder sein Huhn im Topfe habe, und gönne ihnen noch obendrein ihren Spaß. Alles andere ist vom Übel, ihnen selbst am meisten.

LEGATIONSRAT. Wo bleiben wir, wenn uns das Volk läßt?

KANZLER *steht auf.* Besser: fallen mit den Seinigen, als von der Kanaille den Arm annehmen!

LEGATIONSRAT. Ihr seid unerbittlich? Ihr weiset dieses Schreiben zurück?

KANZLER *kalt.* Es gehört ins Kriegsdepartement, mit welchem ich nichts zu tun habe.

Ich weiß einen Platz für Sie, Herr von Berg. Wollen Sie als Gesandter nach Neapel gehn?

LEGATIONSRAT. Sie? Herr von Was ist das?

KANZLER. Sie finden dort zarte Verhältnisse und einige schwierige Persönlichkeiten.

LEGATIONSRAT. Wollt Ihr mich zerschmettern? Ihr verstoßt mich aus Eurer Nähe?

KANZLER. Indessen sind die Beziehungen zu übersehn, und so eignet sich der Posten zu einem ersten Ausfluge.

LEGATIONSRAT. Aus dieser Nähe, worin ich nur atme, fühle und denke? Mit allen Ketten der Dankbarkeit liege ich hier gefesselt, Euer Zauber hat um mich Bewundrung,

Erinnern und Hoffen, Anmut, Freude, kindliches Gefühl wie Wächter gestellt, denen mein Selbst nicht vorüber entrinnen kann. Wenn Ihr mich fortschickt, so schickt Ihr einen halben Menschen fort, und ich meinte, Ihr hättet mich lieb.

KANZLER. Es war nur, weil du deine eignen Gedanken zu hegen beginnst. Ich glaubte, die Selbständigkeit werde dir erwünscht sein.

LEGATIONSRAT. So ist es gemeint? In diesem Spotte erblicke ich mein Vergehn! Vergebt mir! Habt Nachsicht mit meiner Unreife!

KANZLER. Ich habe dir's so übel nicht genommen. Wir Menschen sind eigen zusammengesetzt, wir langen mit der dürren Wahrheit nicht aus, bedürfen immer einer schönen Lüge, die unser Leben fortspinnen hilft, wenn wir auch nicht an sie glauben. In meiner Jugend war es die Liebe, die Gesellschaft, die Persönlichkeit, womöglich etwas Poesie. Das ist vorüber; ein neues Geschlecht wächst heran, du gehörst zu demselben, und teilst mit ihm die nun geltenden Träume der Zeit. Du hast von ihnen freilich bei mir heute einen unpassenden Gebrauch gemacht. Aber ich rate dir, sie nicht gänzlich zu unterdrücken. Sie werden in dir ein Feuer erhalten, welches du zu gelegener Stunde mit dem besten Erfolge verwenden kannst. Ein gewisser Schmelz tut unserm Wesen durchaus not, um hinzureißen, muß man hingerissen sein können, und nie wird Der etwas ausrichten, dem man den kalten Verstand in jedem Augenblicke ansieht! Was aber deinen tirolischen Hirtenbrief betrifft

LEGATIONSRAT *zerreißt das Papier.* Vergeßt die Übereilung! Es wäre in der Tat auch zu töricht, unsern Drängern den Rücken frei zu machen.

KANZLER. Sieh, sieh, da eilt der Schüler dem Lehrer zuvor! Das war mir noch nicht einmal eingefallen.

LEGATIONSRAT. Wenn sie hinter ihren Bergen, aus Unwissenheit, die wir ja nicht verschuldet haben, sich noch etwas regen, so werden unsre hiesigen Gäste gewiß zahmer, lassen uns wohl den Streifen von Steiermark und die fünf Millionen s o , ohne Markten mit der Erzherzogin.

KANZLER. Lieber, um mein didaktisches Stückchen zu Ende zu pfeifen: dergleichen darf man immerhin denken, man muß nur nicht davon sprechen Ich will mich ankleiden. Auf Wiedersehn, mein Freund!

Der Kanzler durch die Seitentüre, der Legationsrat durch die Haupttüre ab.

Vierter Aufzug.

In der Hofburg zu Inspruck.

Erster Auftritt.

ANDREAS HOFER *allein.* Keine Nachricht von außen! der Feind an allen Pässen rings herum! Wir sind wie lebendig begraben. Wäre nur Eisenstecken zurück! Und Joseph und der Rotbart sind mir auch nicht zur Seite, wie ich dachte; ein jeder hat seinen andern Sinn. Es ist ein böser Zustand! Wenn mir zu bang wird, dann rufe ich: es ist doch so eine ehrliche Sache! und lege die Hand auf die Brust, und fühle, wie das Herz sich regt, und meine, wir müßten's ausführen; aber wenn ich dann wieder um mich her blicke, ist aller Mut weg.

SPECKBACHER *tritt wild ein.* Hier so in Ruhe? Schreibst Mandate, daß die Weiber sich züchtig kleiden sollen? Versöhnst Eheleute? Daß dich!

HOFER. Gott bewahre mich vor dir! Was hast du?

SPECKBACHER. Sprachst du ihn?

HOFER. Wen?

SPECKBACHER. Eisenstecken.

HOFER. Ist er zurück?

SPECKBACHER. Eben.

HOFER. Gottlob! Was macht der Kaiser?

SPECKBACHER *geht grimmig umher.* Der Kaiser? befindet sich wohl! Der Kaiser! Er hat den Kaiser nicht gesprochen.

HOFER. Nicht gesprochen? und meine Botschaft?

SPECKBACHER. War unnötig. Vierzehn Stunden von Kaisers Lager kehrte er um.

HOFER. Du sprichst wie ein Verrückter!

SPECKBACHER. Ich wollte, ich wär' ein schlechter Wildschütz geblieben, wollt', ich hätte mich auf Raub gelegt und Wegelagerung, wollte, daß ich meinen Vater erschlagen hätte, so würde es mir wohlgehn, und ich würde lange leben auf Erden!

HOFER. Speckbacher!

VOLK *dringt herein.* O Vater Hofer, verlaß uns nicht!

HOFER. Rückt der Herzog wieder vor?

SPECKBACHER.

    Stöhnt, wie der Hirsch, der angeschoss'ne, ächzet,

    Wie Rosse, die der Sommerhitz' erliegen!

    Brüllt, gleich dem beilgetroffnen Stiere! Pflückt

    Die Blumen alle von den Hüten! Werft

    Sie in das Grab der tapfern Toten! Reißt

    Die Federn ab, und streut sie in die Winde!

HOFER.

    Ich bin der Oberkommandant, und will

    Gefaßte Meldung haben.

SPECKBACHER *hohnlachend.*

    So? da ist sie!

    Die Grafschaft ward zerrissen in drei Fetzen,

    Zu Bayern kommt der eine, zu Illyrien

    Der andre, und der dritte kommt zu Welschland!

HOFER.

    Du Gott! Welch Teufel kann das?

SPECKBACHER.

    Seidne Teufel!

'S ist Friede!

HOFER. Friede?

VOLK. Wehe!

HASPINGER *ist eingetreten.*

    Qual und Pein!

    Die Welt ist in erschrecklicher Verwirrung!

    Das hold'ste Wort, das süßeste auf Erden,

    Das Friedenswort, das alte Greise sonst

    Verjüngt und sie die Krücken werfen läßt,

    Tönt unsern bangen Ohren greulicher,

    Als der Verdammung Richterspruch!

HOFER.

    Und wir,

    Wir, Speckbacher, sind in dem Pakt

SPECKBACHER. Vergessen!

HOFER. Das ist nicht wahr!

SPECKBACHER. Sprich Eisenstecken.

HOFER.

    Ist

    'ne faule Lüge!

SPECKBACHER.

    Sprich den Eisenstecken!

VOLK *zu Hofer.* Bleib unser Schirm!

HOFER.

Ihr habt den Schwur vom Sandwirt,

Der hält, was er gelobet. Das beiher!

Jetzt sag' ich euch, befehle, dies zu glauben:

Wenn Friede ist, so sind wir n i c h t vergessen.

Es ist 'ne Lüg', weil es unmöglich ist!

EIN TIROLER *tritt ein. Zu Hofer.*

Ein Offizier vom Vizekönig.

HOFER.

Was?

Was will der Offizier?

TIROLER. Dich sprechen.

HOFER. Mich? *Ab. Die Übrigen folgen.*

Zweiter Auftritt.

Villach. Ein Staatszimmer.

Der Vizekönig von Italien. Graf Paraguay.

VIZEKÖNIG.

Warum so bös auf mich, mein finstrer Freund?

PARAGUAY.

Der Sohn des Herrn treibt gnäd'gen Scherz mit mir.

Um auf denselben einzugehen, frag' ich:

Weshalb die Audienz? Warum läßt sich

Ein kaiserlicher Prinz so weit herab,

Verfemte Räuber zum Gespräch zu laden?

Ein gärend Land durch Worte sänft'gen wollen,

Heißt: Öl und Wasser zu verein'gen streben.

Gelingen kann's, o ja! Soll es gelingen,

Bedarf's dazu der Zeit und der Geduld.

Wenn wir Geduld auch hätten, fehlt uns doch

Die Zeit. Der Kaiser will Tirol nunmehr

In kürz'ster Frist bewältigt, die Entwaffnung,

Des Landes Teilung rasch vollzogen wissen.

Weshalb verlassen wir die einfach-strenge,

Die sichere Linie?

VIZEKÖNIG.

Ich lud das Haupt

Des Aufstands zum Gespräch, weil doch, mein Mentor,

Was nennen Sie die einfach-strenge Linie?

PARAGUAY.

Den Trotz, den Eigensinn, den letzten Aufstand

Der Bauern, und der Führer starre Wut

Ins Aug' gefaßt, daneben wohl erwogen,

Daß nicht ein Titelchen von Recht erübrigt,

Was ihnen zur Entschuld'gung dienen kann.

Schien folgendes mir rätlich: Ganz Tirol

Liegt unter Acht, denn alle sündigten.

Drum hätten wir die Dörfer, die hauptsächlich

Der Rebellion Vorschub getan, verbrennen,

Die Männer draus erschießen lassen soll'n.

VIZEKÖNIG.

Ja, das wär' einfach, streng' und sicher auch,

Denn Grab und Wüste insurgieren nicht.

PARAGUAY.

Auf uns die Rücksicht nehmend, konnten wir

Bedenken tragen, ob es nützlich scheine,

Ein Land zerstören, das uns nähren hilft?

Dem Haufen also durfte man verzeihn,

Die Führer auf den Sandberg nur befördern.

Wir haben eine Liste, die sie nennt.

VIZEKÖNIG.

Sie ist sechs Bogen stark!

PARAGUAY.

Das Äußerste

Ew. Hoheit nachgegeben; Gnade mocht' auch

Die Minderschuld'gen sondern. Nur die Schlimmsten,

Die Unverbesserlichsten: Andre Hofer,

Speckbacher, Haspinger und Eisenstecken,

Thalguter, Fallern, Peter Mayer, Straub.

Teimer und Sieberer, die mußten fallen.

VIZEKÖNIG. Zehn Exekutionen!

PARAGUAY. Ja, nicht mehr.

VIZEKÖNIG.

Sie glauben nicht, wie ich dergleichen hasse!

PARAGUAY.

Notwendigkeit befahl's, so mußt' es sein,

Nicht Mordlust stachelt mich.

VIZEKÖNIG.

Der Graf, mein Vater,

Ging auch einst zum Gerüst. Ich taucht' ein Tuch

Ins Blut, das durch die Bohlen tröpfelte.

Und dieser Anblick kommt mir stets vors Auge,

Wenn mir ein Todes-Urtel wird gebracht,

Ich schaudre dann und meine Feder stockt.

PARAGUAY.

Wär' jener Louis streng gewesen, hätte

Zur rechten Zeit den Henker schalten lassen,

So ging Vicomte Beauharnais späterhin

Nicht zum Gerüst.

VIZEKÖNIG.

Und war d e r König streng,

Wo wär' mein Fürstentum und Ihre Grafschaft?

Das ist ein Labyrinth, worin das Denken

Sich rettungslos verliert. Wir haben, was

Wir nimmer hätten, haben möchten, wär'

Die Zeit zurückzuschieben. Nicht erträg's

Verwöhnter Sinn, wär's anders, als es ist,

Und doch ruft das Gewissen Tag und Nacht:

O daß es anders wär'! In solchem Streit,

Was rettet uns? Ein holdes Maß im Busen.

Durch Strudel fahren wir, wo des Verstandes

Kompaß den Weg nicht zeigt! Kann unsern Hort,

Den düstern, reichen, schwerunheimlichen,

Zum frommen Eigentume was verwandeln,

So ist es Ehr' und Treue, Mild' und Unschuld.

Drum, wenn ich heut' mit gutem Wort versuche,

Was jüngst dem stürm'schen Herzog mißlang, als

Er Frankreichs Blüte gegen Felsen trieb,

Nicht ganz der Gründe bloß ist diese Meinung.

PARAGUAY.

Die ich noch immer nur erraten soll.

Ich spare das Gemüt auf für die Unsern.

VIZEKÖNIG.

Ja, ja, Ihr nennt sie Räuber, Brenner, wälzt

Sie in den tiefsten Kot! Ich unterschreibe

Auch alle diese Dinge. Freund, sie sind

Nicht so gar weit von uns.

PARAGUAY. Prinz, ist es möglich?

VIZEKÖNIG.

Wodurch denn sind wir groß geworden, Graf.

Als daß wir gingen mit dem Sturm des Volkes?

Der wehte uns den lichten Sternen zu,

Und gab uns Kräfte, unsern goldnen Tempel

Inmitten dieser mürben Welt zu baun.

Hier aber tritt uns ja dasselb' entgegen,

Was uns getrieben. Dieses arme Volk,

In seiner Einfalt, unter seinen Pfaffen,

Ist zu derselben Mündigkeit gelangt,

Als wir, wir Glänzenden. Es steht auf sich,

Es will auf sich stehn, will 'nen Willen haben.

PARAGUAY.

Wird so ein Stäubchen unsre Fluten trüben?

Die Wellen roll'n verachtend drüber hin.

VIZEKÖNIG.

Das ist gewiß, wir werden sie besiegen!

Gewisser ist: Hier hebt ein neu Verhängnis

Für dich und mich und all die Unsern an.

Das Herz treibt sie, das Herz weiß, was es will,

Wofür das Herz entbrennt, das führt's hinaus.

Dies kündet eine böse Spaltung, zeigt

Im Vorgesicht der schwangern Zeit Geburten.

Es birst die Welt, und durch den Riß entgegen

Dräun uns die Larven der Vergangenheit.

Sie sind nachdenklich worden.

PARAGUAY.

Freilich bin ich's.

Es faßt den Fremden eine Todesahnung,

Sieht er des Hauses Kinder zittern.

VIZEKÖNIG.

Zittern?

An jenem Tag, da mich der Kaiser annahm

Zu seinem Sohn, schwor ich, sein Sohn zu sein,

Als hätt' er mich im Ehebund erzeugt.

Verträgt die neid'sche Erde keine Größe,

Und ist auch seinem Wunderbau bestimmt,

Zu stürzen, gleich den alten; werd ich mich

Verhüll'n und fall'n. Inzwischen aber werd' ich,

Ständ' auch der Feind auf des Montmartres Höhn,

Ans Glück und an die Macht des Kaisers glauben!

Dies war Vertraun, nicht Furcht.

EIN PAGE *tritt herein.* Der Patriarch!

VIZEKÖNIG. Laß ihn herein, wie sieht er aus?

PAGE.

Man sieht

Von ihm fast nichts, als seinen langen Bart,

Der halb das Antlitz deckt, von da hernieder

Zum Gürtel kräuselnd wallt. Er könnte, glaub' ich,

So wie er ist, sich in Paris auf das

Theater Feydeau stellen, und den Jakob

In »Joseph in Ägypten« spielen.

VIZEKÖNIG.

Geh'

Du kleiner Schwätzer! ruf ihn!

Page ab.

Ich erfahre,

Daß er noch immer zweifelt, seltsamlich

Die Handschrift seines alten Herrn verlangt.

Deshalb ersann ich die unschuld'ge List,

Wobei Sie, Paraguay, mir helfen sollen.

Gehn Sie ins Kabinett und treten Sie

Zur rechten Zeit mit Ihrer Meldung ein,

Die mein Geschäft zum Schluß bringt.

PARAGUAY.

Diese Art

Zu unterhandeln, ist doch, wie Sie wollen!

Ab durch eine Seitentüre.

VIZEKÖNIG.

Die alten Herrn vom Degen möchten immer

Drein schlagen mit dem Schwerte, fassen nicht,

Daß uns, die wir zu Thronen sind berufen,

Im Mund ein Zauber wohnt, gewaltiger

Als Schwertes Schärfe Tritte! Ja, er ist's.

Wie leit' ich's ein? Ja! So so wird es gehn.

Er setzt sich.

Dritter Auftritt.

Andreas Hofer tritt auf.

VIZEKÖNIG.

Bist du der Sandwirt Hofer von Passeier?

HOFER.

Der bin ich, mein hochgnäd'ger Prinz.

VIZEKÖNIG.

Kommst du

Mit bünd'ger Vollmacht von den Insurgenten?

Zwar, Vollmacht deutet auf erlaubte Dinge,

Das Wort paßt also nicht. Indessen gibt

Die Armut unsrer Sprache mir kein andres.

Kommst du in Vollmacht von den Insurgenten?

HOFER.

Die Landsverteid'ger haben mir vertraut.

Daß ich an ihrer Statt vor dir erscheine.

VIZEKÖNIG. Dein Kreditiv

HOFER.

Ich habe kein's. Die Eile,

Der Drang der Zeitumstände ließen uns

Die Schrift vergessen. Auch wird meistens alles

Bei uns von Mund zu Munde abgehandelt.

Indessen kam ein guter Herr und Freund

Mit mir, der Priester Donay. Dieser kann

Bekräft'gen, daß das Volk, was ich vor dir

Geredet, auch genehm'gen werde. Willst

Du, daß ich diesen Priester rufe?

VIZEKÖNIG.

Nein,

Bleib' nur, ich nehm' dich an.

Nach einer Pause.

Daß ich so ganz

Vergesse, wie ich eigentlich mit euch

Verfahren dürfte, sollte freien Zutritt

Und meines Anblicks Gnade dir gewähre,

Hat seinen Grund in angestammter Güte,

Bedauernder Erwägung eures Kurzsinns,

Der schrecklich auf euch selbst die Folgen warf.

Erkennst du die Herablassung wohl an?

Ich hoffe, dankbar wirst du sie erkennen.

HOFER.

Gedenke ich daran, welch strenges Recht

An denen ihr euch nahmet, die wohl sonst

Sich unterwanden, euch zu widerstreben.

Verwundr' ich über deine Großmut mich.

VIZEKÖNIG.

Was also bringst du mir von deinem Volk?

Fügt es sich guter Ordnung? Will's den Frieden

Genießen, den der Erdkreis hat?

HOFER. So sagt man.

VIZEKÖNIG.

Wie? Sagt man? Sagt man? Nun! Du glaubst denn doch

Wohl dem, was alle Welt dir schon gesagt.

HOFER. Dein Offizier, o Herr, hat mir's gesagt.

VIZEKÖNIG. Es steht ja in der Zeitung schon.

HOFER. Die Zeitung!

VIZEKÖNIG *nach einem Papier greifend.*

Ich will des Kaisers Brief dir

HOFER.

Deines Kaisers?

Dein Kaiser ist mein Feind, ich glaub' ihm nicht.

Der Vizekönig wendet sich unwillig.

Vergib mir meine Kühnheit, lieber Herr!

Der arme Hofer kann einmal nicht anders,

Und da du Gnade üben willst, so übe

Die Gnade jetzt, mich huldreich anzuhören.

Wir Leute von Tirol sind, oder waren

Ein fröhlich Völklein, aber e i n e n Zug

Den wollen unsre Nachbarn just nicht loben;

Sie nennen uns mißtrauisch. Ob wir's sind,

Kann ich nicht sagen. Wenn wir's sind, so haben

Wir ein'gen Grund dazu, denn Vorsicht lehrt

Uns jeder Schritt von unsern Kindesbeinen.

Auf schmalen Pfaden wandern wir, da reißt

Sich haarbreit neben uns ein Abgrund auf.

Es hängt der Fels, die Klippe über uns:

Geschwind vorbei, eh' sich die Quadern lösen!

Heut sehen wir ein Bächlein, morgen ist

Vom kurzen Regenguß das Tal beströmt,

Die Nebel und die Wolken spiegeln uns

Die Ebne oder eine Brücke vor;

Vertrauen wir dem Dunst, so stürzen wir

Zerschmettert in das Bodenlose. Nächtlich

Bricht Bär und Wolf in unsre Hürden, Tags

Raubt uns der Aar die Frucht der Mutter. Sieh

O Herr! so sind wir immerdar im Kampf,

Und müssen auf der Hut sein! Der Tiroler

Glaubt nur, was er mit Händen fassen kann.

VIZEKÖNIG.

Nun denn, du wunderlicher Mann, wie soll ich

Den Frieden dir in deine Hände geben?

HOFER.

Ich bin nicht aufgestanden freventlich,

Nicht wie ein Ritter aus dem Stegereif!

Vielmehr, ich hab' höchste Mahnung und

Des Kaisers Willensmeinung abgewartet,

Und eher nicht den Stutz zur Hand genommen.

Ich kann wahrhaftig meine Zweifel, ob

Ich ihn ablegen solle, k a n n sie nicht

Aus meiner Seele in die Lüfte schütten,

Eh' ich nicht Kaisers Hand und Siegel, nicht

Den Friedensbrief von m e i n e m Kaiser sehe.

VIZEKÖNIG.

Ich muß dir zu vernehmen geben, Hofer!

Auf diesen Einwand war ich nicht gefaßt,

Und wenn du ihn nicht läßt, so scheint mir gänzlich

Der Unterredung Grund und Zweck zu mangeln.

HOFER.

Das mein' ich auch. Drum staunt' ich, als du mich

Nach Villach in dein Lager herbeschiedest.

VIZEKÖNIG *beiseite.*

Welche Hinterhältigkeit! Was säumt der Graf?

HOFER.

O zürne nicht, erlauchter Prinz und höre

Mich gütig aus. Du kannst es ja nicht ahnen,

Wie oft uns arme Bauern das Gerücht

In diesem Sommer trog; an dessen Tücke

Reicht doch der Wolken Bosheit nicht, und schneller

Drehn Worte in ihr Gegenteil sich um,

Als um die Rose wechselnd läuft der Wind.

Bald hieß es: Stillstand sei, bald wieder: nein,

'S ward eine Schlacht geliefert. Bald: der Feind

Steht rechts vom Land, bald: links ward er gesehn.

Jetzt war's gewiß: die Truppen werden bleiben;

Im nächsten Augenblick: das Heer zieht ab!

Wer kann uns schelten, wenn wir mehr als Worte

Zu der Bestät'gung unsres Unglücks fordern.

VIZEKÖNIG.

So! Aber hör doch! Ich soll d i r doch glauben,

Daß du aus Abordnung des Volkes kommst.

Ich glaube dir, ich zweifle nicht, ich denke

Nicht, daß ihr Zeit gewinnen wollt, und während

Ich mit dir rede, neue Listen spinnt.

Du sagst's, der Bauersmann, ich glaub's, der Fürst.

Dir aber, Bauer! gilt das Ehrenwort

Des Fürsten und des Ritters nicht für voll.

Hofer schweigt verlegen.

Ich dächt', es wär' wohl wichtig. Schäm' dich, Hofer.

HOFER *nach einer Pause.*

Mein Herr, ich will versuchen, dir zu glauben.

Vierter Auftritt.

Graf Paraguay tritt ein.

PARAGUAY.

Vergebung meiner Kühnheit! doch vielleicht

Dient diese Nachricht zu der Audienz.

Der Herzog Danzigs hat, gemäß der Ordre,

Die ihm befiehlt, nichts Fremdes nach Tirol

Hineinzulassen, Österreichs Kurier,

Der einen Brief vom Hause Habsburg an

Die Insurgenten brachte, sich zur Ruh

Zu geben und die Waffen abzulegen,

Nebst seinem Schreiben, angehalten, fragt:

Ob den Erlaß ins Hauptquartier er senden,

Ob er ihn den Empörern schicken soll?

VIZEKÖNIG.

Ich werde mich entschließen. Nun, mein Hofer,

Willst du, so lass' ich diesen Brief mir bringen,

Du kannst ihn dann mit Kunstverständ'gen prüfen,

Ob er verfälscht sei. Bis dahin verschieben

Wir unsre Sach', und reden dann wohl weiter.

HOFER.

O Herr! nicht spotte des Geschlagenen! Alles

Ist ja zu End', ich seh's, und um den Hauch

Des nackten Daseins müssen wir nun flehn.

Ich beuge mich, denn uns hat Gott gebeugt.

So ziehet denn auf allen Straßen ein,

Und nehmet hin, was wir nicht geben wollten!

Die Welt ist euer, sei Tirol auch euer!

Wenn du mich willst entlassen, ordn' ich gleich

Zu allen Scharen meine Boten ab!

Zerschlagen sollen sie die blanken Büchsen,

Zerschmettern ihre Degen, und vergessen,

Was sie gewesen, und nach Hause gehn,

Und stumm und still sich halten, wie das Vieh!

VIZEKÖNIG.

Faß dich! Fügt euch, wie Männer in die Schickung!

Ich nehm' die Unterwerfung an, und Nacht

Bedecke das Geschehne! Ungekränkt

Sollt ihr im Schutze leben! des sei sicher.

Ich hoff', ihr werdet Frieden halten, Leute,

Den Friedensbrecher trifft, das wisse, Tod.

Nun Sandwirt geh' nach Haus und halt' dich ruhig!

HOFER.

Vergönne, Herr, mir einen Augenblick

In deiner Nähe noch! Ich war bestürzt,

Mich überraschte diese Post zu sehr!

Allein Besinnung kehrt mir bald zurück.

Nun muß ich mit den Lippen fechten! Herr,

Weiß Gott, ich stände lieber dir entgegen,

Vernichtung dir ersinnend, hoch am Isel!

O daß es mir gelänge, meinen Brüdern

In deinem Herzen Achtung zu verschaffen!

Wohl niemals tret' ich wiederum vor dich,

Und welche Bürgschaft des Vertrages haben

Wir, wenn du, Herr, uns nur verachten kannst?

VIZEKÖNIG.

Es ist gelobt, und also wird's gehalten.

HOFER.

Der Sklave hat kein Recht, wie sollt ihr ehren

Den Ehrlosen? Was kümmern Tiere euch?

Du aber, Herr! mußt würd'ger von uns denken.

Auf deine edle Seele, die gelassen

Aus klaren Augen schauet, leg' ich dir's:

Bedaure das unglückliche Tirol!

Laß unsern Sinn von deinen Spöttern nicht

Zur Fratze dir verspotten! Lobt man doch

D e n Hund am meisten, der von seinem Herrn

Und keinem andern seine Speise nimmt.

Ihr habt zum Grabe Österreich gemacht!

Ich sage dir: der arme treue Hund

Wird auf dem Grabe sich zu Tode heulen!

Nun Herr, nun hab' ich gründlich angezeigt,

Wie uns zu Mute ist, und darnach, fleh' ich,

Behandle uns! Ich hab' nichts mehr zu sagen.

Er will gehen.

VIZEKÖNIG.

Bleib noch! Nicht ohne Rührung hör' ich dich!

Ich sollte diese Dinge nicht vernehmen,

Doch weiß ich nicht, welch eine Regung mich

Antreibt, daß ich fast wünsche, meine Rede

Möchte den Eigensinn aus eurer Brust

Wegschneiden und ein neu Vertrauen pflanzen.

Noch einmal, alles sei vergessen, was

Die Leidenschaft und böse Menschen euch

Zu tun befahlen. Jetzo ziemt Besinnung,

Sich einzeln, unberufen, frevelhaft

In zweier Kaiser Zwist und Kampf zu mischen!

Allein es sei vergessen, weil ich's will.

Nun aber sag' mir doch, Andreas Hofer,

Der du so wacker und verständig sprichst

Und alle seid ihr, wie ich hör', begabt

Mit Sinn und mit Verstand verständ'ge Männer

Irr'n auch, doch fassen sie den Irrtum bald,

Zu künft'ger Meinung Warum liebt ihr Österreich?

Denke darüber nach, und sag' die Gründe,

Die euch so heiß nach Wien und Schönnbrunn wenden?

Wir woll'n dann miteinander prüfen, ob

Der neue Landesherr nicht alles tat,

Nicht alles tun kann, um den Preis zu zahlen

Für diese Liebe. Warum liebt ihr Österreich?

HOFER.

Mein Herr, d i e Frage legt' ich selber mir

Und keiner, glaub' ich, in Tirol sich vor.

Ich kann dir keine Antwort darauf geben.

VIZEKÖNIG.

Besinn' dich nur, ich laß dir Zeit, du sollst,

Es ist mein Wille, dich ganz frei erklären.

HOFER.

So helf' mir Gott! Ich weiß dir nicht zu sagen,

Warum den Kaiser wir zu Wien verehren.

Ich schüttle mein Gedächtnis suchend durch:

Wir ziehen nur in Krieg, wenn wir gefährdet,

Wir zahlen Steuern nur, die wir bewilligt,

Wir haben gleiche Rechte mit den Rittern,

Wir stimmen auf dem Landtag, so wie sie,

Und freundlich immer war der Kaiser uns;

Von jeglichem der Punkte aber tat

Allhier das Gegenteil der wilde Bayer.

Und doch erspäh' ich in dem Allen nicht

Den Winkel, der den Grund der Liebe birgt.

Das alles ist es nicht, was uns macht hüpfen,

Und jauchzen und das Herz vor Freuden zittern,

Wenn wir die schwarz und gelben Fahnen sehn.

Der neue Herr könnt' alles das gewähren,

Und dennoch glaub' ich frei soll ich ja reden

Die alte Liebe bliebe, wie ein Kind,

Dem man die Hand gebunden, uns im Herzen.

VIZEKÖNIG.

Es scheint mithin, daß grundlos diese Liebe.

HOFER.

Ich glaube selbst, die Lieb' hat keinen Grund.

VIZEKÖNIG.

Nun, Hofer! bist du, wo ich dich gewollt.

So werft denn dies Gespinst weit von euch weg,

Das euern Sinn verdunkelt. Was ihr hattet,

Sollt ihr behalten, und noch mehr bekommen.

Aus engen dumpfen Schranken rafft euch auf!

Schenkt eure Neigung uns, wir schenken euch

Dagegen Ruhm und Aussicht, mit uns werdet

Ihr höher steigen, als ihr nur geträumt.

Das sag' dem Volke, wie ich's dir gesagt.

HOFER.

Soll ich denn ganz beschämt von hinnen gehn,

Und bleibt mir nichts, worauf ich fußen kann?

Du bist so mild und gnadenreich, o Herr!

Darf i c h nun wohl in Untertänigkeit,

I c h   d i r auch eine Frage stellen?

VIZEKÖNIG. Nun?

HOFER.

Ich hab' dir keine Antwort geben können,

Warum wir lieben unsern alten Herrscher,

So habe d u die Gnade mir zu sagen,

Warum du liebst den Kaiser, deinen Vater?

VIZEKÖNIG *lächelnd.*

Mein Hofer! leicht machst du die Antwort mir,

Weil er den Feind besiegt, wo er sich zeigt,

Weil er ein großes Reich sich hat gegründet,

Weil er mir gab ein schönes Fürstentum,

Und weil an seinem Glanz und seiner Macht

Er mich als Sohn und Erben Teil läßt nehmen.

HOFER.

Wohl! Aber setz': es käm' ein Größerer,

Denn möglich ist dies doch es käm' ein Held,

Der dreimal so viel Schlachten schlug, als Er,

Ein dreimal weitres Reich begründete,

Denn Raum für so ein Reich hat noch die Erde

Ein dreifach bessres Fürstentum dir gäbe,

Und dich mit seiner dreimal höhern Ehre

Und Macht wollt' teilen lassen; würdest du

Den Kaiser, deinen Vater, nun verlassen,

Absagen deiner Lieb', und neuen Herzens

Dem neuen Gotte folgen, lieber Herr?

VIZEKÖNIG. Ob ich dem neuen Gotte

HOFER.

Herr, du schweigst?

Ich bin so kühn für dich zu sprechen: Nein!

So scheint es denn, daß deines Herzens Neigung

Nicht größern Grund hat, als die unsrige.

Vielleicht soll es so sein. Ich bin ein Bauer,

Und kann nicht, was ich meine, deutlich sagen.

Allein es dünkt mich fast, wenn ich's bedenke,

Als käm' die Liebe von der Erde nicht,

Vielmehr, sie sei ein Strahl, den Gott der Herr

Vom Himmel in das Herz der Menschen sendet,

Daß sie drin scheinen solle, gleich dem Lichtlein,

So aus der Hütte Fenstern freundlich blinkt.

Die Liebe liebt, weil sie die Liebe ist.

VIZEKÖNIG.

Hör auf! Ich will, daß das Gespräch hier ende.

HOFER.

Ich bin zu End! Doch auf den Brief zu kommen:

Wo liegt er wohl?

VIZEKÖNIG. Wie? Welcher Brief?

HOFER.

Von dem

Dein General die Meldung tat.

VIZEKÖNIG *verlegen.*

Ah so.

Ja, den Graf Paraguay, wohin wohin

Schickt wohl der Herzog diesem Mann den Brief?

PARAGUAY.

Wohin Eur' Hoheit es gebieten wird.

VIZEKÖNIG.

Nach Steinach dächt ich oder nein nach Inspruck

Recht ja zu Inspruck sollst du ihn empfangen.

HOFER.

Ich geh' nach Inspruck. Send' o Herr ihn bald!

Er geht.

VIZEKÖNIG *nach einigem Schweigen.* Graf Paraguay!

PARAGUAY. Prinz?

VIZEKÖNIG.

Sie erschienen nicht

Zu rechter Zeit. Ich war mit ihm schon fertig,

Da kamen Sie und haben mich in große,

In eigene Verlegenheit gesetzt.

PARAGUAY.

Ich bin zu solchen Dingen ungeschickt.

VIZEKÖNIG.

Wenn er in Inspruck nichts Seltsame Menschen!

Doch was zu tun? Dies war ja Überfluß.

Es ist einmal geschehn. Sofort nun brechen

Sie in das Herz der Grafschaft auf! Beziehn

Quartiere Sie, und dämpfen, wo's noch stürmt,

Mit Ernst und Kraft das Land. Genehm'gen werd' ich,

Was Sie in diesem Sinne vorgenommen.

Er geht ab.

PARAGUAY.

Es geht mithin denn doch nach meinem Rat.

Das Fürstenwesen will nicht glücken, und

Wir halten ein'ge Kriegsgerichte mehr.

Ihr seid noch nicht so weit, als wie ihr meint,

Ihr geltet, was ihr tut, nicht was ihr scheint.

Wenn man euch Neue nennt von Gottes Gnaden,

Ists, weil im Blut für euch die Degen baden.

Nach der andern Seite ab.

Fünfter Auftritt.

Das Schlachtfeld am Isel. Zur Seite die Anhöhe. Vorn Bäume. Ein roter Feuerschein über dem Schauplatze.

Fallern. Eisenstein von verschiedenen Seiten.

FALLERN. He! Du da!

EISENSTECKEN. Wer ruft mich an?

FALLERN. Eisenstecken!

EISENSTECKEN. Fallern!

FALLERN. Ich bin's! Ich wußt', daß du hier herumschlichest, und wollt dich befragen

EISENSTECKEN. Und was?

FALLERN. Was wir tun sollen.

EISENSTECKEN. Unterducken.

FALLERN. Weiß keiner, woran er ist. Als A n d r e von Villach gekehrt war, erhielten wir sein Proklam, worauf die Kompagnien auseinander gingen. Kaum, daß wir zu Haus, schickt er uns den Befehl, brüderlich zu streiten, wie die Passeier, die hätten den Feind nach Herzenslust geschlagen.

EISENSTECKEN. An der Mühlbacher Klaus den Rusca. Der verrückte Kolb kommandierte, und Peter Mayer, der Mahrwirt.

FALLERN. Wenn sie uns belogen hätten! Ich hört', der Erzherzog stände bei Sachsenburg.

EISENSTECKEN. Laß dich nicht irren. Es ist vorbei. Der Alte kann's nur nicht aushalten; die Sache stößt ihm das Herz ab, er soll wie von sich sein. Darum schickt er den Befehl. Komm, sie sagen, er streife am Isel um. Wir wollen nicht in seine Nähe geraten.

FALLERN. Ihn meiden? ihn? Ach Eisenstecken, es ist so erbärmlich.

EISENSTECKEN. Freilich wohl; aber was hilft's! Wie Meereswogen kommt's heran, aus Italien, Kärnthen, von Kufstein! Von Schwatz bis zum Isel e i n e Feuersglut!

FALLERN. Wie? Halten sie ihr Wort nicht?

EISENSTECKEN. Die, und Wort halten! Komm!

FALLERN. Ach, es ist so erbärmlich, Eisenstecken! *Gehn ab.*

Sechster Auftritt.

Elsi. Mehrere Weiber und Kinder. Sie tragen Bündel.

ELSI. Hier laßt uns sitzen, und noch einmal zu Tale schaun! Die Wüter folgen uns nicht, sie sind am Raub. Dort rauchen unsre Häuser! Das ist deins, und das deins, und das meins. *Die Weiber weinen.* Hättet ihr's vorher gewußt, wie ich, daß es so enden würde, ihr könntet's trocknen Auges ansehn. Ich weine nicht. Ich will euch anführen bis nach Hungarn. *Sie setzen sich unter die Bäume.*

EIN WEIB. Wißt Ihr was von Eurem Mann?

ELSI. Er soll gefallen sein an der Mühlbacher Klaus.

WEIB. Das hat sie so bös gemacht, daß nach der Unterwerfung wieder Aufstand verübt worden ist.

EIN KIND. Mutter, wohin geht's?

ELSI. Nach Hungarn, Kind, zu den Zigeunern.

KIND. Was sind Zigeuner?

ELSI. Garstige, schlimme Leute, wohnen in Grüften, halten keinen Sonntag, gehn nicht zur Messe.

KIND. Laß uns bleiben bei unsern hübschen Leuten hier.

ELSI. Dürfen nicht, der Franzos ist bös. Steckt unsre Häuser an, schlägt eure Väter tot!

KIND. Ich will ihn meinen Weck geben.

ZWEITES KIND. Ach, das schöne Feuer! Sieh, Mutter!

DIE TIROLERIN. Du armer Wurm!

ERSTES KIND. Bin müde, Mutter! Will schlafen.

ELSI. Müssen noch weiter. Ich trage dich.

KIND. Mutter, wo werden wir schlafen?

ELSI. Weit von hier.

Siebenter Auftritt.

Bärbel tritt auf.

WEIB. Da kommt das Bärbel von Wilten.

ELSI. Laßt sie still vorüber.

WEIB. Sie hat uns gesehn, und lenkt auf uns zu. Nun wird sie's erzählen, wie sie pflegt.

ELSI. Redet ihr sanft zu.

BÄRBEL. Gott grüß' euch, meine Weiber. Ach, sagt es mir, sagt es mir an!

ELSI. Geh' nach Haus, lieb Bärbel!

BÄRBEL. Ich bin das Bärbel von Wilten.

WEIB. Bist das Bärbel von Wilten, ja, wir wissen's. Warst das Bräutlein des jungen Heinrich, hattet den Chiltgang gehalten, und am Morgen danach schossen sie ihn hier nieder in der großen Schlacht. Nun, sei ruhig, mein Maidel, er ist bei Gott!

BÄRBEL. Sage das nicht, Johanna, denn du redest Sünde. Es ist geschrieben worden von der Auferstehung des Fleisches! Wehe mir! Wehe! Sein Fleisch ist zerstreut in alle Winde!

ELSI. Bärbel!

BÄRBEL. Eine böse Art Menschen jetzt. Führen Kugeln, die reißen unsre Liebsten in vierundzwanzig Stücke! Und hatt' ihn im Arm so ganz. Wo ist sein Haupt, sein fröhliches Haupt? Wo sind seine Arme, die treuen Arme, und wo die schnellen Füße? O Jammer! Ihr Weiber sagt es mir an! *Sie kniet.*

ELSI. Steh' auf, mein Bärbel, wir wissen's nicht!

BÄRBEL *steht auf.* Ihr wißt's nicht! Keiner weiß es! Ich steige zum Isel, und suche die Schlüfte hindurch, ich wandre zu Tal und späh' am Bächlein. Die Mutter verbeut's, sie treibt mich zur Arbeit hin, ich lauf' ihr heimlich weg. Die Mutter ist bös und rauh, s i e riß ihn hinweg aus dem Kämmerlein, und macht sie's zu arg mit mir, ich weiß schon, was ich ihr tue.

ELSI. Bewahr' dich vor schlimmen Gedanken.

BÄRBEL. Meine Gedanken sind anders worden, denn sonst. Ich habe die Augen mir ausgeweint, gewacht die Nächte, die Hände gerungen wund, es ist kein Gott im Himmel.

Die Weiber schlagen ein Kreuz.

Kein Gott im Himmel ist! Ich wollte ja nur den Leichnam, den armen Leib! Bestatten wollt' ich ihn still in geweihtem Erdreich, zu Häupten ihm pflanzt' ich ein Stäudelein Rosmarin, und sänge und spänne.

ELSI. Bitt' deine Schutzpatronin, Sankt Barbaram, drum!

BÄRBEL. Die dauert es auch, hat aber keine Macht. Ich bete den Rosenkranz vor ihrem Bild in den Nesseln! Es strömt auf mich die hellen, die lieblichen Zähren herab, und starrt und schweigt.

WEIB. Stille dich, Kind! Der Herr kann allen Staub lebendig machen.

BÄRBEL. Kann er? den Staub? Lebendig machen? Was ist das? Seht hin! *Sie steht auf.*

ELSI. Daß sie sich kein Leid tut.

BÄRBEL. Schaut! Schaut! Das jüngste Gericht bricht an!

Achter Auftritt.

Andrea Hofer kommt über die Anhöhe mit gezogenem Schwert, Donay hinter ihm.

HOFER. Hörst du den Jammer der Weiber? Siehst du der Häuser Glut? Die Witwen und Waisen wandern aus zu den Verfluchten, und den Liebsten sucht die Braut.

DONAY. Guter Hofer!

HOFER. Laß mich! Wo ist der Brief, Donay?

DONAY. Er lag nicht zu Inspruck. Aber

HOFER *kommt von der Anhöhe herunter.* Betrogen! Mit lispelndem Wort getäuscht! Sie wollten ins Land sich schleichen! Auf, Donay!

DONAY. Besinne dich!

ELSI. Das ist der Hofer! Gott beschütze uns! Komm Bärbel! *Sie stehen auf.*

BÄRBEL. Wer zeucht mich von dieser Stätte? Seht! Seht! Aus Moosen strecken sich krallige Finger empor! Das sind nicht Wurzeln der Bäume, sind Zehen und Sohlen der Füße! Der Fels wird Fleisch und klopft und dampft! Vom Himmel herab gebrochne Augen, da, dort und hier! Und überall!

HOFER. Über das Bergjoch rollt's! Kanonen und Troß! Und die Züge geharnischter Reiter! Horch, horch, den Hufschlag, und das Lachen unbändiger Krieger! Auf, Donay, zum Sturm!

DONAY. Geht weg, ihr Weiber! Euer Anblick macht ihn noch wilder!

BÄRBEL. Wie groß bist worden, Heinrich!

WEIB *die Ferne blickend.* Da stürzt der Schupfen zusammen!

ELSI. Hilfe! Mir wird schwach *Sie sinkt nieder.*

BÄRBEL. Was fehlt der Frau?

HOFER. Geh durch die Gauen! Sprich, der falsche Hofer habe Unterwerfung geboten, der wahre sei auferstanden von den Toten, gleich dem Bräut'gam des Bärbels von Wilten! Dies ist das Schlachtfeld am Isel! Da haben die Tiroler Anno Neun den Herzog geschlagen; es ist lang her. Und laß die Schelme zu mir kommen, und die Diebe und die Mörder, mit den andern wollt's nicht gelingen! Auf! Krieg, Krieg durch das Land! Ich will werben gehn. *Er geht.*

DONAY. Hofer! Ich kann ihn nicht halten. *Sturmglocken.* O der Rasende! Da gehn die Glocken im Inntal. Ich muß ihn verlassen und angeben. *Er geht ab.*

Fünfter Aufzug.

Bozen. Ein Hof. Nacht.

Erster Auftritt.

Graf Paraguay. Donay. Raynouard. Offiziere. Soldaten.

DONAY. Aber ihr versprecht mir, sein Leben zu schonen.

PARAGUAY. Ich verspreche dir, was du willst.

DONAY. Denn ich habe es nur getan für das gemeine Beste.

PARAGUAY. Es soll auch dem gemeinen Besten zustatten kommen.

DONAY. Und wenn ihr schärfer mit ihm verführet, so würde ich zeitlebens nicht wieder ruhig.

PARAGUAY. Das wär' ein Unglück. Still jetzt! Also er sitzt auf der Kellerlahn?

DONAY. Dort war wenigstens sein Versteck, aus dem ich ihn im August hervorzog, und ich glaube, daß er wieder dahin geflüchtet ist, nachdem ihr seinen letzten törichten Versuch im Inntal und Passeier zunichte gemacht habt.

PARAGUAY. Der Führer ist doch sicher?

DONAY. Ihr könnt euch auf ihn verlassen.

PARAGUAY. Bestell' ihn an die Wacht.

DONAY. Aber, Edler, keine Grausamkeit!

PARAGUAY. Nein, nur was Rechtens. *Donay ab.* Der schwülstige Narr verrät seinen Freund, und traut auf das Wort eines Feindes. Kapitän Raynouard!

RAYNOUARD. General!

PARAGUAY. Der Sandwirt ist entdeckt.

RAYNOUARD. Ha!

PARAGUAY. Das beschwerliche Suchen, die Irrgänge durchs Gebirg nehmen heut ein Ende. Unsre Leute werde sich freun. Sie sind befehligt, ihn zu fangen. Ich gebe Ihnen auch einige Reiter. Das Kommando ist stark. Dennoch sollen alle Truppen in der Gegend unter Gewehr stehn. Machen Sie sich fertig.

RAYNOUARD. Ich gehorche mit Schmerz.

PARAGUAY. Warum mit Schmerz?

RAYNOUARD. Ich war unter den Gefangenen vom Isel.

PARAGUAY. So wetzen Sie heute die Scharte Ihrer Haft aus.

RAYNOUARD. Der alte Mann hat mich wie ein Vater zu Inspruck behandelt.

PARAGUAY. Wir müssen bald aus Deutschland, die Empfindsamkeit reißt bei der Armee ein. Sobald Sie ihn haben, schicken Sie einen Reitenden nach Mailand, wohin der Prinz gegangen ist. Hofern unverzüglich nach Mantua. Das Kriegsgericht ist schon zusammengesetzt. Sie werden nach drei Tagen die Verhandlung über die Vollstreckung des Urteils mir senden. *Er geht in das Haus.*

RAYNOUARD *geht zu den Soldaten.* Angetreten!

Zweiter Auftritt.

Öde Felsgegend mit Schnee bedeckt, oberhalb Passeier vor der Hütte Kellerlahn. Es ist noch Nacht.

SPECKBACHERS STIMME *draußen.* Hier geht der Weg!

HASPINGERS STIMME *draußen.* Nein Joseph, hier geht er.

HOFER *auftretend.* Die Geister meiner Freunde suchen mich.

Speckbacher und Haspinger treten auf.

SPECKBACHER. Da steht ein Mann!

HASPINGER. Ich glaub', es ist der Hofer.

HOFER. Seid Menschen ihr mit Fleisch und Blut?

BEIDE. Wir sind's!

HOFER.

Ihr s e i d ' s ! I h r seid's! O welch ein Freudentag

Wird noch auf dieser Welt dem armen Hofer!

Es ist Tag geworden.

HASPINGER. Sein Bart ist grau!

SPECKBACHER. Die Kniee zittern ihm.

HOFER.

Ich hab' ein elend Leben hier geführt.

Nun, ihr seht auch nach Feiertag nicht aus,

Und eure hellen Augen sind erloschen.

HASPINGER.

Wir stehn hier, eine stille Jammerkirche,

Und singen neue Weisen tiefer Schmerzen.

Wie folgen unsre Augen helle sein?

Das Vaterland weint sich die Augen aus!

Es ziemet sich, daß unsre Kniee schwanken,

Das Vaterland erliegt an seiner Last!

Und da ihm seine Jugend ward erschlagen,

So müssen wir wohl graue Haare tragen!

HOFER.

Die grauen Haare deuten Weisheit an,

So wird das Vaterland die Weisheit finden,

Mit schwachen Knien erreicht man auch sein Ziel,

So schwankend wird das Vaterland es finden,

Vor Tränen kann das Auge nicht weit sehn;

Blind schleicht das Land zu seinem Wohlergehn.

SPECKBACHER.

Ich freu mich deiner herzlichen Gesinnung!

Geächtet sind wir und auf rascher Flucht;

Wir aber mochten nicht das Land verlassen,

Eh' wir nicht dich gerettet! Komm mit uns,

Ich bringe dich nach Östreich, glaub' ich, durch.

HOFER.

Ihr Herzgeliebten! Wackre, teure Männer!

Es wärmt mein Innerstes die goldne Treue.

Die ich von euch erfahre! Zürnt mir nicht!

Ich flüchte mich mit dir, mein Joseph, nicht.

HASPINGER.

Willst du mit Joseph nicht, so komm mit mir.

Hin nach Graubündens finstern Felsengründen,

Ins stille Klösterlein zu Münstertal.

HOFER.

Du Guter, was soll ich wohl zu Graubünden?

SPECKBACHER.

O Vater Hofer, gib den Freunden nach!

HOFER.

Bin ich denn eigensinnig, liebe Brüder?

Ihr kennt mich doch, und wißt von meiner Art.

Wie eine Alpenpflanze wuchs ich fest

An unsren Felsen, und das viele Blut,

So ich vergießen lassen, hat mich ja

Noch mehr verkittet.

Reißt ihr mit meiner Wurzel mich vom Grund,

So muß der alte Hofer bald verdorren!

Gott segne eure Flucht! Ich bleibe hier.

SPECKBACHER.

Als Held wirst du in Österreich geehrt.

HOFER.

Ich bin kein Held, was sollte mir die Ehre?

SPECKBACHER.

Dein Kaiser wird dich väterlich beschützen.

HOFER.

Ich esse keines Kaisers Gnadenbrot.

HASPINGER.

Das stille Kloster in dem Münstertal

Gibt Frieden dir!

HOFER.

Das Kloster ist das Haus

Des Mönchs, der reu'gen Sünder milde Freistatt!

Ich bin kein Sünder, und kein Mönch bin ich.

SPECKBACHER.

Was aber willst du hier?

HOFER.

Mein Los erfüllen.

HASPINGER.

Verzweiflung ist's. Faß Mut, entherzter Mann!

HOFER.

Nein, Ruhe ist es, die nichts stören kann.

HASPINGER.

Ein eitles Opfer liebt die Gottheit nicht!

SPECKBACHER.

Dem Vaterland zu leben, das ist Pflicht.

HOFER.

Ich leb' und sterbe vor des Herrn Gesicht!

Erduldet hab' ich, was zu grimm'ger Torheit

Mich trieb da war es schwarz! Nun ist es hell,

Doch auch das Liebste: unsrer Sache Glück,

Mich würd' es nicht erfreuen mehr. Drum geht!

Gefährlich ist's, hier lange zu verweilen.

Zu Speckbacher.

Du sinne, Kühner, für des Landes Heil!

Zu Haspinger.

Du bete, Treuer, für des Landes Heil!

Ich will, was Gott schickt, für das Land erdulden.

SPECKBACHER.

O Himmel! soll ich dich dem Feinde lassen!

HASPINGER.

Mir bricht das Herz, ich weiß mich nicht zu fassen!

HOFER.

Die Gnade Gottes lächle euren Straßen!

Zu Speckbacher.

Wenn dir der Kaiser Audienz erteilt,

Sag' ihm, Andreas Hofer sei getreu

Bis auf das Letzte seinem Herrn verblieben.

Unnütz sei jüngsthin noch viel Blut geflossen,

Ich aber bitte Seine Majestät,

Sie wolle mir nicht zürnen um den Fehler,

Weil Liebe ihn begangen!

Der ganzen Welt nicht, nur dem Kaiser habe

Der blöde Hofer Glauben schenken wollen,

Und sei des Kaisers Wort ihm ausgeblieben.

Speckbacher und Haspinger wenden sich, heftig erschüttert.

Und laßt mein weiß Gebein vergessen liegen,

Bis Östreichs Adler kehrt zum alten Horst;

Dann ist es Zeit, den Hügel mir zu rüsten,

Dann setzt ein schwarzes Kreuzlein mir darauf,

Und schreibt ans Kreuz: Hier liegt der Sandwirt Hofer.

Er umarmt sie und drückt sie sanft von sich. Sie gehen nach verschiedenen Seiten ab.

Mein Heiland und mein Herr, beschütze sie!

Dritter Auftritt.

Sein Knabe Johann kommt durch eine Felsenschlucht.

HOFER.

Nun, junger Vogel, atzest du den Alten?

Bringst Futter mir?

JOHANN.

Du bist verraten, Vater!

Zu Berg hinan Franzosen durchs Passeier!

HOFER.

Was? Ist's schon Zeit? So will ich nach der Schreiblahn,

Von da nach dem Hochgrindelberg mich flüchten!

JOHANN.

Es hilft nicht, Vater! Alle Berge sind Besetzt!

HOFER.

Wie? Wäre keine Rettung mehr?

Die Stunde wäre da? 's ist schauerlich!

Und war so wohl darauf bereitet! Oh!

JOHANN.

Ach, du mein Väterlein, nun kommst du um!

HOFER.

Sei still, mein Knabe, stör' nicht meine Seele,

Die schweren Kampf in ihren Tiefen ringt!

Warum denn soll ich sterben? Mut und Kühnheit,

Die lohnen sie ja sonst mit rotem Band!

Nun Hofer, du bekommst das rote Band!

Du wirst auf deiner Brust dich rötlich schmücken,

Freilich mit Blut, indessen hoff' ich, Freund,

Die Flecken werden dir, wie Orden stehn.

Mut, Mut, mein Herz! Weil es einmal gekommen,

So nimm's, w i e es gekommen! Angst und Pein

Löst ab glorreicher Tod. So stünd's ja gut.

Vernimm des Vaters Testament mein Sohn.

JOHANN.

Vater, du stirbst nicht!

HOFER.

Doch, mein lieber Junge!

Der große Kaiser braucht ein solches Fest.

Zu meinem Erben ordn' ich dich, mein Sohn,

In beiden Höfen, an dem Sand und auf dem Tschaufen.

Die Mutter aber sollst du drin ernähren

Und pflegen, daß dir's wohl geh auf der Erde.

Zu Herrn Vinzenz von Pöhler, meinem Freunde

Und werten Gönner, der in Neumarkt wohnt,

Begib dich, lieber Sohn, und sage ihm,

Du seist des Sandwirts Hofer arme Waise,

Der Vater aber lass' ihn bitten, daß

Um alte Freundschaft und Gevatterschaft

Er deiner walten möge, als ein Vormund,

Bis du zu deinen Jahren bist gekommen.

JOHANN.

Ach, hab' ich keinen Vater mehr?

HOFER *aufhorchend.*

Geräusch?

Nimm meinen Segen!

Er segnet ihn.

Grüß die Mutter! Fort!

Johann ab. Hofer sinkt auf seine Kniee.

Vierter Auftritt.

Raynouard, Franzosen treten auf.

RAYNOUARD.

In des Kaisers Namen, Andres, Sandwirt Hofer

Aus Tal Passeier, du bist mein Gefangner.

HOFER *steht auf.*

Ihr kommt zu mir mit Spießen und mit Stangen.

Ich bin allein, und mach' Euch leichtes Spiel.

RAYNOUARD.

Als wir zum Marsch uns schickten, traf ein Brief

Verspätet ein, aus Östreich.

Er überreicht Hofern ein großes Schreiben.

HOFER.

Doch noch? Schön!

Ich küsse dieses Wappen, das ich kenne.

Er küßt das Siegel, öffnet, und liest.

Du mahnst zur Ruhe und Ergebung, Herr,

Und ich gehorche pünktlich dir, wie immer.

Ergeben bin ich in mein Todeslos,

Und geh' zur Ruh', zur ew'gen Ruhe ein.

Nun, meine Herrn Franzosen, ja ihr habt ihn,

Der Oberkommandant war von Tirol.

Wohin befehlt ihr, daß ich treten soll?

RAYNOUARD.

Du irrest, Hofer. Nicht auf diesem Berg

Wird dich des Lebens letzter Tag ereilen.

HOFER.

O blut'ger Scherz! Wohin entführt ihr mich?

RAYNOUARD.

Nach Mantua.

HOFER.

Nach Wälschland führt Ihr mich?

Betrogner Hofer! Mit den Freunden wolltest

Du nicht von dannen, und nun bringen dich

Die Feinde aus der lieben Heimat Grenzen.

So soll mein sterbend Auge nicht mehr schaun

Der weißen Ferner sonnenrote Häupter?

An grauem ödem Festungswall soll ich

Veratmen diesen Hauch, den nichts als Düfte

Der Kräuter nährten, kühle Alpenlüfte?

RAYNOUARD.

Beschaffen ist's, so füge dich!

HOFER *wirft sich zur Erde nieder und küßt sie.*

Den Scheidekuß

Nimm, Boden hin, der mich gesäuget hat.

Dich hab' ich einzig nur geliebt im Leben,

Trag immer Männer, welche gut und bieder!

Er erhebt sich, Raynouard wendet sich in Tränen ab.

Du weinst?

RAYNOUARD. Erkenne mich!

HOFER.

Wie? Raynouard?

Der bei mir aß zu Inspruck, für mich schrieb?

Ist deine Wunde heil?

RAYNOUARD. Schon lange, Lieber.

HOFER.

Welch unerwartet freundliches Begegnen!

Wie lind und leise löst mein Leben sich!

Mich dünkt, ich höre ferne Glocken klingen,

Und tief im Tale Kirchenlieder singen.

RAYNOUARD.

Mir aber quillt die Träne unaufhaltsam.

HOFER.

Trockne dein Auge, Jüngling; willst du weinen,

So wein' um dich, und wein' um deine Freunde.

Denn wisset ihr, wohin euch euer Herr

Noch führen wird, und welcher Erdenwinkel

Eu'r brechend Aug' und Qualenschicksal sieht?

Ich hör' das Rauschen schon der Cherubim,

Die dräuend nahen der zerfleischten Welt.

O glaube mir, mein lieber junger Mann,

Du wirst vielleicht den Sandwirt einst beneiden,

Der friedlich weggeht aus der Zeitlichkeit.

RAYNOUARD.

Hör' auf! Die Erde scheint mir zu erbeben!

HOFER.

So halte dich an meinem Glauben fest!

Es ist bei euch wohl wenig Christentum,

Du aber trägst ein glückliches Gesicht,

Und fromme Eltern, denk' ich, zeugten dich.

Ich sage dir: ein heil'ger Engel sitzt

Am Thron des Ewigen zu seinen Füßen,

Ganz eingehüllt von seinen beiden Flügeln,

Die silbern von den Schultern niederglänzen,

Mit Licht bestrahlend Haupt und Brust und Leib.

Und die Geschicke, die der Ew'ge sieht,

Schreibt dieser Engel treu auf seine Tafel.

So bleiben vor dem Angesicht des Höchsten

Bestehn die guten und die bösen Stunden.

Nach Mantua nun! Ich habe überwunden.

Er geht voran. Die Franzosen folgen.

Lightning Source UK Ltd.
Milton Keynes UK
UKHW030625281222
414497UK00021B/263